U0164861

北狩人間：貝葉常在

一部讀文史書的札記

劉偉聰 著／羅沛然 編

書　　名 北狩人間：貝葉常在

作　　者 劉偉聰

編　　者 羅沛然

責任編輯 王穎嫻

美術編輯 楊曉林

出　　版 天地圖書有限公司
香港皇后大道東109-115號
智群商業中心15字樓（總寫字樓）
電話：2528 3671 傳真：2865 2609

香港灣仔莊士敦道30號地庫／1樓（門市部）
電話：2865 0708 傳真：2861 1541

印　　刷 亨泰印刷有限公司
香港柴灣利眾街德景工業大廈10字樓
電話：2896 3687 傳真：2558 1902

發　　行 香港聯合書刊物流有限公司
香港新界大埔汀麗路36號中華商務印刷大廈3字樓
電話：2150 2100 傳真：2407 3062

出版日期 2019年4月 初版・香港

ISBN：978 988-8547-42-5

Michael Dummett, the heavyweight Oxford philosopher, opens his 'Frege: Philosophy of Language' with his Preface which opens with these lines:

'I'm always disappointed when a book lacks a preface: it is like arriving at someone's house for dinner, and being conducted straight into the dining room. A preface is personal, the body of the book impersonal...'

沒有自序，只因本書適是其反，非常 personal。

高眉友人序

看過劉偉聰的專欄的讀者或會留意作者有一個消息來源叫「高眉友人」。「高眉」，「high brow」也。劉偉聰送了這個稱呼，叨光了。實或有點名不副實，我只是負責音樂、歌劇、芭蕾等盛會的票務而已。

話說回來，倒是要謝過偉聰兄的信任，把他的文章出版事宜交我處理。於是，自找出版社合作，製作出版方案，到挑選文章和微調修改，就由我經辦。雖然工作上我就是要「煮字」給人家審閱，但「煮」法可不是文學，也沒甚麼美感，可現在這系列的第一冊終於面對廣大讀者，憑藉的是偉聰兄的原材料的品質和我粗淺的判斷。

最重要的放在最後，就是鳴謝天地出版同仁的幫助，特別是編輯 Hannah 王小姐。

羅沛然

二〇一八年十月二十九日

目錄

終極無間之：陳寅恪

幸勿怪我牽強比附，但我總覺得電影《無間道》裏的陳永仁（梁朝偉飾）壓根兒就像史家陳寅恪，二君俱深沉忍隱，以暗碼道其消息，陳永仁五指忽繁忽緊，奏的是摩斯密碼；陳寅恪燃脂瞑寫，幽幽地佈下古典今典並陳的暗碼系統，付予有緣。雙陳如此苦心，只為避人耳目，陳永仁避的是魔頭韓琛（曾志偉飾，荷李活版則是Jack Nicholson！），而陳寅恪避的則是苛政暴秦，故「諱忌而不敢語，語焉而不敢詳」，只能跟自己的解人暗通心曲——或許只有能通其心曲者方是解人。

陳永仁的解人只能是他的上司黃志誠警司（黃秋生飾），但卻阻不了其他略懂摩斯密碼的人（如劉德華飾演的歹人劉健明督察）從中截聽。而陳寅恪的古典今典，迂迴曲折，千迴百轉，恐怕解人難覓。他在《柳如是別傳》中釋證錢牧齋柳如是詩時，頒下此中法度：「解釋古典故實，自當引用最初出處，然最初出處，實不足以盡之，更須引其他非最初而有關者，以補足之，始能通解作者遣辭用意之妙。」

但最麻煩的是他只說如此法度適用於錢柳詩姻緣，未有明白點破「以彼之道還施己身」，一切尚待解人。余英時先生自是陳先生的當世解人（當然尚有陳夫人唐篔及至交吳宓），自五十年代末寫下《讀再生緣書後》，至八十年代初又刊出一列細釋陳先生晚年心境的文章，招來八方風雨，弦箭文章幾乎哪日休。

未休的自是後人對陳先生的種種崇敬和書寫，余先生趁去年陳先生百廿歲冥壽，寫了〈陳寅恪研究的反思和展望〉，刊於今年初的《明報月刊》，頃又刊於《陳寅恪晚年詩文釋證》書前，為新版序言。書版雖新，但除一篇新序外，舊文如昔，舊情亦脈脈如昔，對陳先生的讚嘆欽仰無時或已。余先生不僅敬慕史家陳寅恪，禮讚更深的許是儒者陳寅恪，這在他的長文〈陳寅恪與儒學實踐〉中已說得明白，約而言之，陳先生晚年的詩文著作俱「感懷身世即憑弔興亡」，而在家國文化慘歷數十年之巨劫奇變時，陳先生依然持節守故，「未嘗侮食自矜，曲學阿世」。余先生再下一轉語，謂儒家的中心價值具超越時空的精義，即陳先生在《王觀堂先生輓詞並序》中所云：「吾中國文化之定義，具於白虎通三綱六紀之說，其意義為抽象理想之最高境，猶希臘柏拉圖所謂 Eidos 者。」而陳先生以其身其行所昭（exemplified）者，則為「獨立之精神，自由之思想」。余先生此說風行宇內，識者咸舉手稱是，許是之故，二〇〇一年北京三聯新版《陳寅恪集》

各冊封面上獨拈出此二句，以彰其義。

「獨立之精神，自由之思想」二句實摘自陳先生寫的《清華大學王觀堂先生紀念碑銘》，說的是王國維的志業精神，未必是陳先生的夫子自道。陳先生未有絲毫曲阿世，侮食自矜，自見其獨立之精神，但藉暗碼系統將思想藏於深曲之下，只待解人索隱抉衷，這未必是自由，最少未必是J. S. Mill《群己權界論》中的自由。陳先生一九三〇年《閱報戲作二絕》其一結句是：「自由共道文人筆，最是文人不自由。」陳先生對「自由」自有體會。

火紅的艾未未在其訪談錄《Ai Wei Wei speaks》中答客問，最愛是哪個字？艾曰：自由。近翻五月廿七日《倫敦時報文學增刊》上評說艾氏博客的文章，見如下一句：「...much of the cryptic wordplay that the Chinese netizens use to mask their dissent and disgust online had fallen away from Ai's writing.」句中「cryptic wordplay」自是暗碼系統，那是陳先生苦心經營，而艾未未未之為也者。誰人自由一點？北京大學李零在新作《待兔軒文存》的序上心事重重的說，晚近在清華園散步，在王國維紀念碑前，瞄着「自由」二字，想到的是「自由不是白來的」（Freedom is not free）！王國維赴死明志，義無再辱，逐使「文化神州喪一身」，點點滴滴，毫不白來；艾未未剛回到家裏，與母共話，言之尚早吧。「今先生之書，流佈於世，世之人大抵能稱道其學，獨於其平生之志事，頗多不能解，因而有是非之論。」這是陳先生《王靜安先生遺書序》上的話，或有自況乎？我雖不足以知先生之學，亦嘗讀先生之書，竊以為陳先生《余季豫先生輓詞二首》中的兩句或許頗切其晚年心境：「早窮青史理憂患，晚借黃車養性神。」「黃車」者，胡文輝引陳先生《紅樓夢新談題辭》：「赤縣黃車更有人」，即小說也。此正合陳先生《論再生緣》開端感言「衰年病目，廢書不觀，唯聽讀小說消日」。當然如此消日養神，自有其一時間一地域之不能不如此者。

其實陳先生早寫過「無間」之義，他寫於一九四九年的《魏志司馬芝傳跋》中曾引《三國志．魏志十二．司馬芝傳》，指「無間神即地獄神，無間乃梵文 Avici 之意譯，音譯則為阿鼻，當時意譯作泰山。……無間一詞，則佛藏之外，其載於史乘者惟此傳有之。」陳先生於一九四九年特拈出「惟此傳有之」的無間地獄，是「豈是蚤為今日讖」耶？噫！

寫於陳先生百廿一歲冥壽後一週

《蘋果日報》　二〇一一年七月三日

北里香魂

文侶雷競璇先生說青樓，說《青樓集》，筆下婉轉，不吝溫柔。湊巧近日跟雷先生道逢古之長安，不能不敍及唐時京畿柳巷。長安既是京畿豪華之地，達官貴人薈萃，當然少不了風流淵藪，帶出種種色色怡人。當年最是風流蘊藉處自推北里一地。北里者何？蓋「平康里，入北門，東回三曲，即諸妓所居之聚也」。平康里位廁長安東南，群鶯亂舞，好不醉人，唐人孫棨雖翰林學士卻最終前志掃地，惟有靜思陳事，盡錄北里冶遊見聞，成《北里志》一卷，以存當日種種情事，惟其時代不同，視角有異，所述北里香魂自是不同於《青樓集》中諸倩女。北里香魂似不重姿色，《北里志》中所錄諸女多不以色貌馳名，如天水絳真「其姿容亦常常」；楊妙兒「貌不甚揚，齒不卑矣」；小福「雖乏風姿，亦甚慧黠」等等，一言難盡！然而孫棨卻拿名妓薛濤為喻，喟然嘆曰：「比常聞蜀妓薛濤之才辯，才謂人過言，及靚北里二三子之徒，則薛濤有慚德矣！」

其實薛濤頗能詩，詩人元稹欲狎之且有詩云：「紛紛詞客皆停筆，個個公侯欲夢刀。」一言則孫棨筆下諸女未必佳麗，但才情過人，自有動人心處，此恐非「喜愛夜蒲」

至「一路向西」的好漢所能領略的情事。

既然不以聲色馳譽，北里諸妹便可一心撒野，小貓子似的桀驁難馴，如一位叫楚兒的小妮子後來年紀大了，為捕賊官郭鍛所納，但楚兒不甘寂寞，遇見舊時的老相好，總不忘情，「多於窗牖間相呼，或使人詢訊，或以巾箋送遺。」活脫是活地阿倫新作《To Rome With Love》裏的 Penelope Cruz，她走到哪處總遇上舊時恩客，拋拋眉眼兒，無不傾倒。可是楚兒受納於魯粗郭鍛，每逢東窗事發，便遭笞辱，但楚兒卻少理會，「殊不少革」，烈女一名也。我想香港能演活楚兒的必然是夏文汐小姐，她演過《唐朝豪放女》魚玄機及《烈火青春》裏的 Kathy，還作他人想麼？

《北里志》書薄情不薄，倒是好像國人情薄，至今未有前賢時賢箋注，卻有日本漢學名宿前野直彬的弟子齋藤茂細譯細註《北里志》，平凡社東洋文庫本，書僅盈掌大小，堪俏北里群芳。

真箇北里香魂無斷絕，是耶非耶？化為蝴蝶。

《信報 • 北狩錄》二〇一二年九月十二日

《容庚編》

容庚，字希白，廣東東莞人，歷膺北京大學、燕京大學、嶺南大學教席，一九五二年因所謂院校調整，逐轉入中山大學，雖半生為政治所煩擾，卻能虛沖守持，寒齋為學，卒年九十，著述何止等身，還有何止等身的風骨，此我常愛摩娑先生所遺之書。

初識容希白之名，好像在胡適書信集裏，那是一九二四年十二月六日容先生寫給胡適的信，是時胡先生已然名滿天下，且已刊行《紅樓夢考證》，就《石頭記》的作者，版本及寓意均有所發明，但容先生來鴻結尾竟直言：「先生謂後四十回為高鶚所補，恐怕有些不對！」

一九二四年容先生才自北大國學研究所畢業，誠初生之犢，卻已敢向新紅學權威質疑問難，可胡先生也沒有等閒視之，後在〈重印乾隆壬子本《紅樓夢》序〉中敬稱容先生為「我的朋友容庚先生」，並有所答辯焉，雖所見不同，但文末依然大度稱許容先生：「（高鶚）那裏料得到一百三十多年後，居然有一位容庚先生有用校勘學的功夫去校勘《紅樓夢》？」這些俱是民國學人風度，卻彷彿是另一個星球的歷史。

稍後我獲先生《金文編》，很愛看裏邊古裏古怪、稀裏稀奇的金文。我的一部還是中華書局一九八五年印行的第四版，書前恢復了羅振玉的序。羅振玉因曾出仕偽滿洲國，戰後遂不見容於政界學界，因此一九五九年科學出版社印行的《金文編》第三版已抽起羅序，那是時勢使然，但容先生在〈自序〉中還是殷念舊情，保留了如下數句：「十一年五月，與家弟同遊京師，謁羅振玉先生於天津，以所著金文編請正，辱承獎借，勖以印行。」那是飲水思源了，先生的《金文編》乃羅振玉於一九二五年出資以貽安堂之名刊行於世。

正是飲水思源，容先生在文革遭工宣隊批鬥時，還有如斯妙問妙答——問：（無路可走）有甚麼打算？容：那只好跳珠江。問：你的老師王國維為清朝跳了昆明湖，你究竟為誰跳珠江？容：為孔子嘛！

容先生如斯，倒應了羅振玉的一枚閒章：「殷禮在斯堂」！今午喜得先生《頌齋書畫小記》上下兩冊，今夕何夕，遂有是篇。

《信報 • 北狩錄》二〇一二年十二月十二日

陀山鸚鵡

一、

清代周亮工《書影》卷二上載有一則佛經故事，說的是一隻飛越陀山的鸚鵡，見山中大火，遂「入水濡羽，飛而灑之」。有天神見而問之：「爾雖有志意，何足云也？」鸚鵡對曰：「嘗僑居是山，不忍見耳！」天神感於其「知其不可而為之」的愚行，即為滅火。

我初識這則故事不自於周亮工，卻是源於余英時先生一九八五年刊在《明報月刊》上一篇「中國情懷」的文章，裏邊的陀山竟是前途陰晴未定的香港，那時余先生有所感而嘆謂：「我先後在香港僑居了六、七年，何忍見其一旦燬於大火？」余先生雖未點明，但孰為大火卻又呼之欲出！

二十多年後的今天，余先生此情未減，有好事好友日前給我傳來余先生新作檄文一篇，題〈公民抗命與香港前途〉，呼籲港人踴躍七一，「為公民抗命增加力量」。顯然余先生雖壽登耄耋，八十有三，仍熱血不滅，舊情綿綿，惦念那火中陀山，因而寄語：「參與公民抗命，是現代人的光榮而神聖的責任。」

我無意為佔領中環敲邊鼓，只是深感於余先生的史識關懷，結合知識與熱忱，為港人將公民抗命上溯至 Henry Thoreau 之反對墨西哥戰爭和擴大奴隸制而拒絕繳稅，為我城將來的一項社會運動接上百年歷史譜系，不僅其來有自，還要是來自傳統的光環，Thoreau 曾如是說：「A very few, as heroes, patriots, martyrs, reformers in the great sense, serve the state with their consciences...」

為時務是非不得不發聲，既是當代公共知識人的楷模，更合我國歷來良史之厚德！據余先生門人王汎森回憶，余先生曾說過：「我對政治只有遙遠的興趣！」我猜這「遙遠」二字不應是 remote，倒應是 detached！「遙遠」是遠離眼前自身利害，藉 disinterested knowledge 為發言準繩，如顧炎武所云：「君子之為學，以明道也，以救世也。」明道和救世應是一道彩虹的兩端，自「明道」一端始，繼而方可救世也。余先生歷十多年醞釀，至去年才寫成的長文《天人之際》，裏邊指出天人是兩個世界，一個超越，一個現世。君子嚮往的「天人合一」境界便是藉良知與知識而將兩個世界一而二，二而一。公民抗命亦其是之謂乎？

二、

陀山鸚鵡的故事結穴於「不忍見耳」四字，既見惋惜，復有乍見孺子入於井的惻隱，接下來該如何是好？如鸚鵡般濡水灑之，可真會感動天神？余先生似不會如此想吧，我想起余先生寫的另一個火中陀山的故事。那是一九四九年八月余先生初入燕京大學時的見聞。燕大當年由美國教會所辦，今天我們自知她熬不過一九五二年的院校調整（甚新奇的是《中國合伙人》裏三子念的卻是燕大），彷彿是為大火所噬的一座陀山。余先生走入燕園念書，曾憶說：「一九四九年秋季開學，她的末日便開始了。中共對於帝國主義創辦的大學怎樣處理雖早已成竹在胸，但在奪權之初，為了收攬和穩定學術和教育界的人心，暫時不動聲色。」那隱然是暴風雨前夕的詭寂，年輕的余先生諒當時未必可以明白道出，但不數月卻越過羅湖，來了我城，就學新亞，受教於錢穆先生，不再回頭了，做了一個陳寅恪因故未付實踐的決定：去國！今天經幾位學人承余先生餘緒，愈考愈精，已考出陳先生當年確有赴台之意，如年前於中研院發現一九四九年五月二十八日傅斯年致朱家驊的一封信，內云：「關於陳寅恪先生入境手續，因其屬於歷史語言研究所，自當照辦。」後來更有中研院於同年五月三十一日發給台灣省警務處的電報，敬請惠發陳先生及其眷屬的入境證明，至此去留一事再無剩義，只餘為何最終「避地難希五月花」？買棹五月花去國後尚可心懷不忍，入水濡羽，那些留下來沒法離去的呢？我們當然寄願最終能朝聞道而夕行之，好應了余先生於其晚年大作《朱熹的歷史世界》上愛引的一句王安石語：「墨子者……方以天下為己任。」余先生下一轉語，謂此語「涵蘊着士對於國家和社會要務的處理有直接參與的資格，因此它相當於一種公民意識」。至此，余先生鼓勵我們踴躍七一，公民抗命，竟可上接「以天下為己任」一語歟？

一年我城奇熱，錢先生獨個兒躺在書院教室地上養病，孤零零的，余先生不忍，問：「有甚麼事要我幫你做嗎？」錢先生答：「我想讀王陽明的文集！」

三、

前面筆涉「避地難希五月花」，那是一九四九年變天前夕陳先生的一句憤激話，今早翻胡文輝《陳寅恪詩箋釋》，檢原詩《丙戌春，旅居英倫，療治目疾無效，取海道東歸。戊子冬，復由上海乘輪至廣州，感賦》，見箋中引了陳夫人唐篔〈重讀陶淵明桃花源記有感〉句：「仙源欲溯恨無船。」

當年亦曾瞄過此句，惟聯繫不上，真多得有心箋註人。第一位如此有心人自是余英時先生，約三十年前余先生《陳寅恪先生晚年詩文釋證》甫出，國文老師便囑我細讀，時報文化初版，薄薄一冊，標價稍昂，我袋中無錢，便坐在今已成灰的南山書店肥大沙發上看一過，未感大趣味，惟之前已讀過余先生《歷史與思想》，料得余先生也恭稱「先生」的陳寅恪必屬大才，未感趣味自因未具識器而已，遂搜讀當時上海古籍陸續新刊之《陳寅恪文集》，以望恢宏，後獲老師送贈蔣天樞《編年事輯》，從此《陳集》摩挲把玩經年，惜始終無法讀逾《柳如是別傳》第二章！惟於陳詩及余先生釋證愈讀愈傾情，尤是讀過當年胡喬木寫手馮衣北的篇篇發難文章後，更知陳先生命中最後二十年幾已成了共和國當國後文心與人心的照妖鏡，乃兵家必爭之地。此我讀一九八七年花城版馮衣北《與余英時商榷》方始了然——但頂有趣的是，馮衣北應是非常臥底無間道，其化名便明示「憑依北斗望京華」之意，而其書竟收入余先生整部《釋證》以為附錄，以曝其妄語云云，實暗渡陳倉，讓內地人得讀余著，功莫大焉，且其書價才兩三塊錢，我買不起時報初版便索性樂與馮書為伍了。

馮書之後，波瀾不止，一九九五年陸健東《陳寅恪的最後二十年》出版了，余先生說：「這似乎表示官方也不想或無法再阻止陳寅恪晚年遭遇的問題曝光了。」然而書中仍堅稱陳先生一九四九年時堅拒去國。十八年倏地過去，不少新材料面世，上月陸書終出了修訂本，我捻在手上，翻到去留之章，見作者只添了一條新註，謂近年議論再起，僅有間接資料浮出，然最能一錘定音的終是陳先生。對呀，「避地難希五月花」終究是陳先生語。

《信報 • 北狩錄》 二〇一三年七月八至十日

唐僕尚丞郎

文侶雷競璇先生近日思海沉浮，懷人念師，既是段段青春殘酷物語，也是現身說法的師門承教錄。我無緣就學於沙田大學，未見過許多先生，但少時也曾讀過幾卷諸先生的大作，有喜有不喜，紙上聲影跟雷先生的親炙自不相同。

例如嚴耕望先生，他那兩本談治史的小書非常易入口，我未上學院前已然讀過，淺褐色的台灣商務小開本，年前有內地出版社將此二卷綰結先生長文〈錢賓四先生與我〉以成《治史三書》，其實先生曾有《史學五書》之腹稿，不包括有關錢先生的一篇，然終似未果。通論式的渡人金針雖然可口，但總不是先生的一杯苦茶。讀嚴先生的力作非常艱苦，而且回甘不易，故先生曾自況云：「惟余所長，仍在精核縝密一途。」余英時先生譽之為「中國史學界的樸實楷模」，取的是陸象山語：「今天下學者，惟有兩途：一途樸實，一途議論。」當然，嚴先生治史自非毫無議論，我當年在洗衣街上的新亞遇上先生的一部大書《唐僕尚丞郎表》，逾千頁的考證比次大表，非常嚇人，書題更撲朔迷離，須細閱內文方知究竟——呀！原來是唐代尚書省之左右「僕」射、六部「尚」書、左右「丞」及侍「郎」之謂歟，頭緒殊紛繁，雖未如劉知幾所謂「得之不為益，失之不為損」，卻終是奠基備用之書，難言好讀。然而，書上卷一之述制卻有大議論，以現代行政學之說在微細考證上捻出尚書六部跟九寺諸監的分野。前人以為唐之六部九寺職務重疊，卻又官品不同，實比魏晉紊亂。嚴先生卻以六部人寡，九寺吏多，而九寺官品又低於六部，遂推出六部掌政令，實政務官；九寺掌諸事以行政令，實事務官也。我城人一看便知是 AO 與 EO 之辨。六部即天子門生主持的 government secretariat，掌政令猶 policy formulation，那時我看得非常興奮，因正汲汲於投考殖民地政府的六部位置，當年參考之書只有薄扶林大學 Ian Scott 和 John Burns 合編的兩卷公務員研究，忽爾發現 Administrative Officer 原來唐已有之，渾身骨頭舒軟，那時《南早》週六招職如是說：「If you are a person of first-class ability, with intelligence, adaptability, ambition and a concern for HK, then apply to become an A.O.!」只差未說將來如何平步青雲，官至尚書僕射！

《信報・北狩錄》　二〇一三年八月二十七日

都是紅樓惹的魔

董橋先生最近在「蘋果樹下」自嘆筆下繁花，風雲聚散，編引得偏不得，一千六百五十六篇裏亦人亦書亦忘憂草，幽幽走過來的人物情事自非枯槁引得所能盛載，但書名引得正可作書目提神。李儂雲姑戴立克管先生是神仙般虛幻人物，不容碰着；書目上的顏如玉倒歷劫猶存，彷佛不老佳人走到風雨凡塵裏去，偶一不慎，給我撞個滿懷。潘景鄭輯《絳雲樓題跋》，書成序曰：「存絳雲之鱗羽，補東澗之遺緒，世有好者，儻亦有取於斯乎？」東澗是錢牧齋晚年自號，絳雲是他深藏縹緗之所，建於常熟半野堂後，清順治七年十月初二晚燬於火，天壤一色，後世多有好事好書者，無計悔多情，好憑劫灰以遙想當日絳雲群芳諸豔。

傳世的《絳雲樓書目》也是「牧齋暇日，想念其舊，追錄記之」，實非寫實之錄，卻是癡心肝肺之頑愚寫照。昔日絳雲樓上牧齋「排纘摩娑，盈箱插架之間，未遑於雒誦講復也，而忽已目明心開，欣如有得」，身旁還坐着一位柳如是小姐呢。焚了絳雲，昧了聰明。

百年後盛世乾隆，曹雪芹淚盡而逝前也差不多築好那幢八十回的金粉紅樓，讓後人頂禮，亦敷衍出幾許得書傳奇。民國十六年胡適在劉銓福家獲甲戌本脂硯齋重評《石頭記》，一啟紅學山林之業，一九四八年十二月，黑雲壓城城欲摧，胡先生倉皇離京南飛，半生藏書帶不走，惟此甲戌一本業隨身，猶絳雲焚火。中原易鼎後，吳世昌不滿胡先生種種，在牛津講學期間，便寫了《On the Red Chamber Dream》，Clarendon 社一九六一年出版，吳氏自家回譯作《紅樓夢探源》，但只譯了前二卷，最近網上有心人蔡振翔錄出吳氏一九六二年三月二十四日致中華書局一通覆函，原來中華當年早已情商刊行此卷中文版，後因一籃子原因而不果，信末吳氏自署地址為 17 Bardwell Court, Oxford，那地方離倫敦 Charing Cross 遠啦，不期十二三年後董先生在那兒遇上戴金絲眼鏡的混蛋書店小廝，給好心逗弄後卻覓得《探源》，價四鎊，獵書小記。

我沒故事沒傳奇，昨天美國 Better World 書店給我郵來了久尋不獲的《探源》英文初版，紙香墨濃，五十二齡，不老佳人。

《信報 • 北狩錄》二〇一三年十月二十二日

史記校點 2.0

週前於書店喜孜孜遇上新刊中華版《史記》點校修訂本，依然十冊，惟幀裝略變，青布書脊，鏤以金字書名冊號，封面施以古磚環花紋案，更備素淨書匣，較諸從前一色青綠瑞祥雲紋的設計，彷彿當日的大樸不雕，今天已出落得淡彩流雲，我便欣然抱歸，臨行前問書店主事人共來了多少套？對曰：「共十套，劉先生手上的是第十套！」我伸伸舌頭，忙不迭發訊予儲齊中華版廿四史的友人，彼曰：「頂佢個肺！」四字無聲，音震屋瓦！

古籍雖古，卻代有新猷，屢屢點中愛書人的癡心穴，又痠又軟，又麻又癢。家藏的舊一版，從前國文老師疼我送我，初刊於一九五九年，主持校點的是顧頡剛先生。

那一年已是共和國的非常歲月，反右已名正言順反了兩年，顧先生依然神經衰弱，須依時吃藥打針，可還是失眠、心悸、神傷。我翻到顧先生一九五八年十二月二十九日的日記：「今日《史記三家注》校點畢工，四年工作，一旦完成，肩負為之一輕。」原來先生也曾得片刻輕鬆，那前此為甚麼又自尋煩惱？我上溯四年，於先生一九五五年的讀書筆記《古柯庭瑣記》上尋着答案：「一九五四年八月下旬，予到北京，任職科學院歷史研究所。攜來書籍尚未理畢，即被命整理《資治通鑑》。以此事由主席毛公付北京副市長吳晗辦理……惟《通鑑》限期太促，又為生計所迫，同時整理《史記》，境雖靜而心則忙。」讀書不肯為人忙，但校書點書卻不得不為稻粱謀，為首長忙。書成刊佈後，先生依然心繫成書而心忙，查一九六〇年《湯山小記》，先生便咕噥：「前年重點，以參加運動多，仍不能一意以為（標點《史記》），誤處有尚未改正者，亦有我雖未誤，而經中華書局加工致誤者。」自然這一番感喟沒有載於新版舊版之上。太史公尚有〈太史公自序〉以誌幽憤，顧先生的心事卻惟有散落在煌煌二十一卷上千萬言的日記和筆記裏。一切不足為怪，據說一九五九年版的《史記》乃共和國十週年獻禮之書，當年中華書局的傅彬然興奮地向顧先生說：「毛主席打三次電話索取，覽後表示滿意。」我聽來有點蒼涼。

幸有顧先生的女公子顧潮和台灣聯經，容我多年來賁夜摩娑顧先生的心事。

《信報．北狩錄》二〇一三年十一月五及十八日

不見輿薪兮

文侶雷先生緣新刊太史公書而嘉我明察秋毫，瑜中尋瑕云爾。其實先生素智我愚頑，直斥無益，倒以揭後之語曲筆相勸。孟子問梁惠王：明足以察秋毫之末而不見輿薪，則王許之乎？王曰：否！

我光着筆於顧先生五十年代末的心悸神傷，衡以史家如炬之觀照，不啻秋毫之末，何足以自矜？共和國十年祭，顧先生雖勤於各項運動，縱然走肉，尚是活人，不比國中路邊纍纍的餓殍！那年七月毛氏錦衣日行，還鄉韶山，喜而賦詩：「喜看稻菽千重浪，遍地英雄下夕煙。」那不可能是人間實相，只能是俄國波坦金村的面子遺澤。毛氏明察秋毫，惟敢橫刀立馬的彭德懷將軍獨見輿薪，於同年廬山會議前斗膽上萬言書，痛陳「小資產階級狂熱性」的禍害，哀舉國農民之無計，從此成了裏通外國的反黨集團首腦。

毛氏愛讀古書上的史，御醫李志綏說中南海的木匠為他特製了張大木床，床內側三分之二都堆滿了書，想大字本太史公書必在其內，最宜供毛氏溫習漢高祖如何摧折群臣。反右伊始，《人民日報》幾位老編晉謁毛氏，衣冠楚楚，毛氏卻穿着睡衣半躺在這張床上接見諸人，在場的王若水一驚，想到當年劉邦便如此倨床見酈食！縱毛氏未有「使兩女子洗足」，然亦未有如沛公般「起攝衣，延酈生坐，謝之」。

多得近年共和國若干府庫檔案陸續曝光，當年人相食的餓世相更為人知，秋毫與輿薪漸可同見。年前熱賣的楊繼繩《墓碑》風行有道，但我卻嫌其材料蕪雜，行文芟蔓，遠不及薄扶林大學（竟然！）Frank Dikotter 的《Mao's Great Famine》，卷末一篇〈An Essay on the Sources〉以誌野史雜記與學術專史之分際。我未受現代史學之教，只懂看言有所本的故事，Dikotter 書上說那幾年共和國枉死了四千五百萬人，卻不盡是死於饑饉，各有其枉死之由！書中最末部份題作「可以點死」（Ways of Dying），淒然縷述意外、疾病、勞改、欺瞞、恐嚇、暴行和人相食種種致人於枉死的細節，算是輿薪上的秋毫了。

毛氏心細，魅力逼人，屢獲古典學人癡心折服，頃見楊樹達《積微翁回憶錄》一九五五年所記，一月十日楊作信上書毛主席，二月十日即接毛氏覆信，書云：「惠書及大著數種收到，甚謝。尊恙向愈，極慰。」怕是用秋毫寫的吧。

《信報 • 北狩錄》 二〇一三年十二月十一日

墜簡流沙沐清華

竟然跟文侶雷先生雅好略同，亦有追蹤清華藏戰國竹簡，然兩相合轍卻可能所由不同。雷先生究心古史種切，我卻更迷於簡帛學的縷縷傳奇與乎近世學術預流之風風火火。

跟無事可為的友人最愛爭炫熟誦陳寅恪先生詩文，中有〈陳垣敦煌劫餘錄序〉，開端有云：「一時代之學術，必有其新材料與新問題。取用此材料，以研求問題，則為此時代學術之新潮流。治學之士，得預於此潮流者，謂之預流。其未得預者，謂之未入流。」我自非學苑中人，但亦不堪太不入流，況此序寫於一九三〇年，其旨上承王國維先生〈最近二三十年中中國新發見之學問〉：「古來新學問起，大都由於新發見。」王先生列出清末民初五項大發見新學問，箇中便有「敦煌塞上及西域各地之簡牘」，原來漢人所遺木簡文書，宋徽宗時已有所獲，旋靖康禍起，竟為金人索之而去，待得光緒中葉才有也屬胡人的斯坦因於和闐尼雅河下流廢址得魏晉間人所書木簡數十枚，旋有法人沙婉為之考釋，而一九一三、一四年間王先生跟他的護法 patron-saint（此余英時先生之妙語）羅振玉避地東瀛時重加考訂，數月竟成《流沙墜簡》，那是因新發見而來的現代簡帛學開山之作，尤是於邊塞文書之分類，即薄書、烽燧、戍役、稟給、器物及雜事六門，誠 modern conceptualization 好手筆。可是當日羅王二公著書不只氣定神閒，還隨意輕鬆，我讀過羅公一九一三年末致王先生的一通小札：「昨雨雪不得出，至悶，古簡牘粗閱一過，擬分為三大類：一小學、方技、術數書，二西域屯戍叢殘，三簡牘遺文，而總名之曰《流沙墜簡》。」開山之作竟緣於雨雪不得出的至悶日子，而王先生又只謂「握槧數月，粗具條理」，說來竟毫不費力，能不牛嗎？

數年前蒙雷先生不棄，領我至新疆尼雅遺址，得身處漢時戍關而仰望秦時明月，更想望王先生摩挲墜簡照片的樣子，還有那些可解又不好解的簡上遺文：「以時遇可不冒哉牧臨之部其勉於考績／斷金之利焉／始建國三年五月己丑下」，跟尼雅霜夜裏的素月一樣迷糊，便中宵起來，和厚衣走出帳篷外，呼吸着寒氣，親歷「霜高素月慢流天」，從此看《流沙墜簡》更添嫵媚流轉的月色。

清華藏簡也是月色朗照下的地寶，我追蹤的終究只是那一瓣舊時月色，攀不上史苑森嚴。雷先生那天說去年底清華已發表了六批竹簡，中有「說命」三篇，跟我所知略有不同，目前理好的清華簡應只有三批，「說命」篇等六種屬第三批，若以史料之罕貴言，似不及第二批整整一百三十八枚幾乎連綴的《繫年》。

須知墜簡多不連綴，蓋緣竹簡每以草繩繫之，時日渺遠便老朽裂滅，斷續不成篇，通人夏含夷便幽幽寫道：「如果要恢復每篇原貌並在昏暗光線下展開閱讀，其整理工作無疑極為艱巨。」說的是劉向承命編校漢成帝時秘閣內府所藏書，去今逾二千年，可是今世雖有科技新猷之輔，亦好不了多少，清華大老李學勤便謂「緩脫水，快照相」，只因竹簡入藏時已見霉菌，駸駸然要霉壞諸簡，便浸在滅菌劑裏，以求全好，可竹簡又是飽水之物，甫脫水或會傷及簡上文字，故緩脫水，但不脫水又不行，惟有盡快照相，方便完璧整理。若不幸竹簡散亂，更添麻煩，當年王先生在《東山雜記》上便廢然嘆謂「蓋簡數太多，盡失編次，欲整齊次第，復還舊觀，良非易事」。僥倖先生絕世聰明，便逕以木理、書法、文義、簡式以編次亂簡，盡其 informed speculation 之能事。然而天賜良緣，《繫年》幾是完綴，敍的是武王伐紂至戰國前期的一段事乘，李學勤譽之為「近現代秦以前史書絕無僅有的重要發現」，差可比擬公元三世紀西晉武帝時所發汲郡書，中有古本《竹書紀年》，勘諸《繫年》，竟見語意句式相類者，如敍及周幽王昏亂，《紀年》說：「虢公翰又立王子余臣於攜……二十一年，攜王為晉文公所殺」；《繫年》幾若踵步前文：「邦君、諸正乃立幽王之弟余臣於虢，是攜惠王。立二十又一年，晉文侯仇乃殺惠王於虢。」讀之便乍見竹簡上的斑斑血痕，殷紅欲滴，那是國史上恆見的成王敗寇，未必足惜。

我今喜看竹簡，除了修竹隸意可掬，為的便是能偕今之古人遊，如羅公王公及夢家先生諸位，其中王先生及夢家先生又先後執教清華大學，那自是學術傳奇中的水木清華，沐乎其中，馨香盈袖。

因雷先生拋玉之篇及近睹浙江古籍整理排印之《流沙墜簡》，爰有是篇。

《信報 • 北狩錄》 二〇一三年十二月三及四日

惜陳先生不及見耳

陳寅恪已成現代史學傳奇，也是不忿共和國不容異聲的所南心聲，先生〈論再生緣〉之隔世回響或會蓋過多年後的學術評騭，但少有人想到竟有人可補苴先生之缺漏，還要是魯迅口中的洋場惡少！

一切緣於一九三三年魯迅老大不滿意於施蟄存之推薦《文選》和《莊子》予年輕人，便譏其為「遺少之一肢一節」，施為文反稽，兩位互不相讓，私人恩怨得緊，失了焦點，種了仇恨，君不見魯迅《准風月談》最末十篇八篇全往施身上招呼，再無餘地，結語是狠心的幾句：「『遺少』的肢節也就跟着渺渺茫茫，到底是現出本相：明明白白的變了『洋場惡少』了。」數十年後施先生以望九之齡寫成〈浮生百咏〉八十首，其第六十八首末二句云：「十年一覺文壇夢，贏得洋場惡少名。」且附自註云：「自一九二八年至一九三七年，混跡文場，無所得益。所得者唯魯迅所賜『洋場惡少』一名，足以遺臭萬年。」其懷依然耿耿。當然所謂「無所得益」實屬虛辭，施先生給魯迅惡罵之前便已寫好堪足傳世的異端小說《將軍的頭》、《梅雨之夜》和《善女人行品》三種了，滲透其間的今古人物歌德式愛慾足叫李歐梵在半世紀後脱帽致敬，以新感覺之名輪迴再生，我也是讀過李先生的選本才初識佳人，幾乎想不起他曾給封為洋場惡少。

魯迅和施蟄存之交惡實頗難索解，我甚至覺得他們品味相投，本該很投緣才是。施先生晚年自述一生開四面窗，東窗文學創作，西窗文學翻譯，南窗古典文學研究，北窗竟是金石碑帖！我年前看施先生《唐碑百選》，摩娑其中圖像、題解、集評，總覺得魯迅愛碑，也會喜歡寫喜歡印這樣一部書。《唐碑》初刊連載於香港《書譜》雜誌，後來綣結成書，先後兩種，先是上海教育出版社的略大開本，沈建中編的版圖，倒容得下碑文全像，不必割裂得細細碎碎，縱不無漫漶，仍眉目疏朗；後來收在華東師大版的先生全集第九卷中，換了圖版，惜開本小，碑像不能舒展，行氣難得流轉，碑便不好看不好讀了，直待兩年前上海古籍大度精印的《北窗藏碑帖選萃》方還碑文筆墨及先生心事一個磊落公道。

書自然要緊，抗戰時施先生寄居昆明，也不忘「常與友人向覺明徘徊於佛照街夜市冷攤，得一二古玩、舊籍為樂」。

跟施先生一起中宵逛夜市冷攤的向覺明是敦煌大家向達，小欄從前寫過〈向達先生的兩幀像照〉，傾慕的是那一代人在艱難離亂中的不敗風度。施先生自屬於那一代人，在冷攤上偶得的一部是《織雲樓詩合刻》。陳先生〈論再生緣〉開首語及乾隆間閨秀詩作之盛，筆涉《織雲樓詩合刻》，然自嘆「寅恪未見合刻全書」。〈論再生緣〉文成於一九五四年間，然流離遷播，於七十年代末始得刊於《中華文史論叢》第七輯，施先生隔世才遇，於一九七九年便寫了〈《織雲樓詩合刻》小記〉：「從集中錄此數事，為陳氏文拾遺補證，惜陳先生不及見耳。」政治動亂，萬馬齊瘖，於微小事中即可洞見，「不及見耳」者何只文章！

〈小記〉載《北山詩文叢編》中，惜品相難堪，我年來遲遲未忍開卷，頃閱先生小友沈建中編《施蟄存先生編年事錄》，始於七九己未繫年處悉之。此《事錄》都一千六百頁，品相殊高潔，書題是百歲佳人張充和的題簽，我從前在張女士的題字選集裏仔細端詳過，筆筆溫潤，似是故人來。施先生曾語張女士，某年「足下為我歌八陽，從文強邀我吹笛，使我大窘」。從文自是筆賦邊城的沈從文，張女士三姊兆和夫婿，又是另一位共和國成立後絕意文壇，鍾情故物的大家，雖見證歷史蒼涼，卻又能在橫逆中窗開多面，引入一室清輝。

施先生年輕時在十里洋場編《現代》，已是一代風雲，晚年創籌編纂《詞學》，親自主理一至十二輯，座中又是豪英，第一輯便刊有張伯駒〈叢碧詞話〉，而先生亦寫有

〈讀韋莊詞札記〉一篇，中引〈清平樂〉下片云：「盡日相望王孫，塵滿衣上淚痕。」寫的自是韋莊坐困長安，我讀着卻覺施先生和沈從文等俱是文化王孫，劫後餘生。韋莊另有《秦婦吟》一首，中有數句如寫劫後餘生的胸懷：「神在山中猶避難，何須責望東諸侯。前年又出楊震關，舉頭雲際見荊山。如從地府到人間，頓覺時清天地閒。」

俞平伯曾為陳寅恪寫此一詩，陳先生張於屋壁，八年以來，課餘諷詠，更成〈秦婦吟校箋〉一篇，然「時清天地閒」云云，陳先生自不及見耳。

《信報・北狩錄》二〇一四年一月二十及二十一日

絕地天通

週前睡夢中聽得收音機裏嚷嚷噪噪，嘆喟共和國致力以科學發展「官」治天下，遂「禁運情書」云云。我夢裏醒來，看到的依然是岩井俊二，便笑笑對他說：「勿有哀，除閣下外，今世已少有人會寫情書吧！」岩井先生笑笑，默然不語，只從口袋中掏出一剪燕尾蝶，款款欲飛，翩翩如掌上佳人，夢便遽然驚破，我忙又從夢中夢裏醒來，啞然失笑，眼見趙連海沒賣奶粉卻尋釁滋事，陳光誠既已目盲卻忽爾偷盜國家機密，許志永長年長月無視國家法律對於公民正當行使權利的規範，那麼在莫非王土之上禁運禁寫呢噥情書，小菜一碟，誰敢曰不宜！

越一日讀《壹仔》方知共和國禁的是「運程書」，即係麥圓圓呀、蘇馬尾呀、李博士呀等哲學玄學家暨 self-styled Fung Shui Masters 的跨年大著！薄扶林大學馬馬校長快走馬上任，如熟諳國情，當會爽手開辦 self-styled Fung Shui 學碩士課程：MSc in SSFS！

我定下神來，將手邊寫好未寄的情書收得穩妥，托腮支頤：為甚麼是「運程」不是

「運情」？

「情」難捕捉，水流不永，故商情詭譎，人情冷暖，國情陰晦，情字一切本已不好把握，若再加上運移如舟遷，則分明世事難料，遠不如「程」之可計可量可安心，蓋「程」根本是量度單位：十髮為程嘛！因此若運轉運移，縱非人力可變，然而視之若程，便忽然扳指可算！中間的道理矛盾暫且表過不宣，權當「運程」屬美麗的 self-fulfilling prophecy 好了。其實擇日以趨吉避凶、占候問疾，古已有之，其書曰「日書」，其人曰「日者」。早年有長沙子彈庫出土的楚帛書，李零便據之寫成〈楚帛書與日書：古日者之說〉，上承司馬貞《史記索隱》之義：「卜筮占候時日通名日者」。我城國寶饒宗頤論及雲夢睡虎地秦簡時，直道「日書者，當是日者所用以占候時日宜忌之書」，分明是說運情之書了。晚近至今年一月，清華大學諸君亦公告《清華簡》第四批已整理亭當，中有《筮法》一篇，當可解決《易》上占筮之疑。如此林林總總，靡不欲化「運情」為「運程」。

既是古已有之，何今禁之彌嚴？《史記．日者列傳》篇首透出端倪：「自古受命而王，王者之興何嘗不以卜筮決於天命哉！」

太史公說得如許明白，即待興之王者亦憑卜筮算其運情，好揣摩天命是否降臨其身。共和國不容運程書，其所憂所懼豈不呼之欲出？此事原來又古已有之，那故事叫「絕地天通」，意思是斷絕地上小民得知天命之途徑。此「絕地天通」初見於《尚書．呂刑》：「乃命重、黎，絕地天通，罔有降格。」「重」和「黎」是各司天地的神祇，其責卻在使天地互不溝通，不允許能解讀天命的「格」人降臨人間，小民庶民從此不准亦不能跟天直接打交道，剩下來便只有已獲天命青睞的君主能溝通天地。張光直在他有名的小書《Art, Myth, and Ritual》裏將「絕地天通」喚作 severance of heaven-earth communication，頗一目了然。

「絕地天通」之後，君王政府獨享天地之溝通和天命的解釋，宗教權威和管治權力盡集一身，庶民頓失聰明，專制遂由此而起，噩夢便應運而生。當然，這是半神話半寓言的專制起源說，不必當史實看待，卻不妨從中偷得吉光片羽，觀照當下與未來。

史家咸以為商代諸王正是享受如此「通天」權力的表表者，因此他們恆愛領着寵信的巫覡以甲骨占卜，直是「群巫之首」。甲骨英譯多作 oracle bone，頗孕神緒，因 oracle 正是古希臘欣獲神諭（divination），可測知未來的先知——在電影《Matrix》裏，Neo 左右徬徨之際，便求教於 Gloria Foster 飾的 Oracle，但 Neo 又要半信半疑，Laurence Fishburne 飾的 Morpheus 大概看得不耐煩，便對 Neo 說：She told you exactly what you needed to hear. That is all！這又顯然是「絕地天通」的專制政權優為之的好本事！無獨又有偶，Oracle 更是當世跨國電腦軟件硬件大牌公司，原擬閃亮亮地在電影《Jack Ryan: Shadow Recruit》中大展 brand placement，但戲中份屬 CIA 的 Jack 憑神技屢屢駭入俄羅斯及美國本地壞蛋的電腦中捷足先登，大破敵陣，Oracle 卻好像怕大家聯想到它跟 NSA 的眉來眼去，便臨陣退縮，抽起在電影裏所有 Oracle 的字樣，隱身熒幕之後，今回倒似是不願你知你所須知了。

余英時先生新作《論天人之際》，寫作經年，亦從「絕地天通」說起，說的倒是個欣然故事。

余先生書副題作「中國古代思想起源試探」，書小題大氣魄也大，前後豈止十年磨一劍？先是一篇英文論文題作〈Between the Heavenly and the Human〉，初刊於二〇〇三年間，後來在中研院史語所《中國史新論•思想史分冊》上又見近百頁的〈天人之際〉，我以為已是全豹，去年還在小文〈天人相惜意難平〉中悄悄提過其中意難平的民國署年落款。去歲凋零時忽然得見期刊《思想史》創刊號，掛頭牌第一篇即先生《論天人之際》一書的長序，始知竟然還有望穿秋水未到來的一卷。

年初終得抱書而眠，書上要旨是「天人合一」這思想境界，先生說初見於「絕地通天」以前，卻大成於「絕地通天」之後，憑的是Karl Jaspers筆下的「軸心時代哲學的突破」，大意是周室衰落，儒墨道諸家競起，道術將為天下裂，各家為天命天道賦予富人文情懷的道德內容，更主張庶民小民憑思辨和實踐便可靠近天道，進而成就人格理想和人間秩序，玉成天人合一的內在超越。此中論證極繁密，恕我不能霎時抄書劇透，倒記先生早在一九七八年那篇〈古代知識階層的興起與發展〉中便已寫過「哲學的突破」一這一觀念，雖然當時引用的不是Jaspers而是Weber和Parsons的相近看法，僅僅少了比較文化史的規模和軸心時代的風雲跌宕。我某年失學，天地陰晦，卻在一個冬夜裏寧靜終卷，因「哲學的突破」而興奮莫名，尤是讀到先生引《孟子》上的那幾句：「古之人，得志，澤加於民；不得志，修身見於世。」便怦然一動少年心，縱是今天此情不再，也幸曾有過樂觀的那年身影。

讀先生此書總覺得理想洋溢，明媚樂觀，好像俗世雖然混濁，君王政府居然不許庶民知天，禁運程書，絕地天通，但我們還可憑修心修身來超越現世，甚而至於憑藉此道德理想來批判現實荒唐，方證此世尚有人道！余先生其意在斯乎？

宗教社會學大家Robert Bellah前年編了本同寅大書叫《The Axial Age and Its Consequences》，群賢畢集，扉頁題識自是獻予Jaspers，Bellah在終章上對軸心時代的學說不致五體投地，但結語是「It is a heritage of explosive potentialities for good and for evil. It has given us the great tool of criticism. How will we use it?」誠意在斯焉。

於此謹願先生的兩卷英文文集早日問世。

《信報・北狩錄》二〇一四年二月十日

夏先生的一角布衣

夏志清是董先生「蘋果樹下」的夏先生，也是劉公紹銘追憶裏的一介布衣，兩篇懷人文章寫來情感遠淡，杏花疏影。《明月》上新近刊有白先勇寫夏先生對他的愛護提攜，感念之情濃郁郁，用墨便濃了，讀來反隔了一重，彷彿寫了「樹猶如此」後還補上「情何以堪」，惜昔的心事太踏實便不覺走進檔案館的編年抽屜裏。夏先生當年在〈白先勇的早期小説〉裏驚嘆的「結構精緻，文字洗練」的功夫，莫非竟成了舊時王謝堂前的燕子？

當然編年文章亦有史材價值，例如説及夏先生與王德威，謂「兩人情同父子，夏先生晚年，王德威對夏先生的照顧亦是無微不至的」。我便想起新近讀王德威在復旦大學的講稿《現當代文學新論》，裏邊有如此一小節：「夏志清的《中國現代小説史》，尤其是未刪節的版本……其中的偏見，也因為時間的流逝而更突出，甚至成為洞見。」啊，偏見成洞見，那應是一種無微不至才會有的觀察吧。

那些年國文老師知我愛讀魯迅，但怕我會給共和國官方一錘定音大論述迷惑，便囑我看看《中國現代小說史》，我看的是香港友聯出版的本子，當然是未刪節的版本。王德威說的刪節本指的是交涉多年，一波三折才於二〇〇五年印出來的復旦大學版，書前有夏先生的〈大陸版新序〉，結尾處說：「陳子善先生日前來信告訴我，《小說史》簡體字本的出版幾經曲折，終於塵埃落定……我當然樂觀其成，不想再多說甚麼了。」說得委婉，說得無奈。陳子善寫的〈編後記〉更演活了強為無米炊的巧婦，說大陸版多收了夏先生的幾篇文章，雖然原書因「眾所周知的原因」給刪節了篇章，改動了文句，卻不叫刪節本，叫「增刪本」，好詭異的共和國學術邏輯。

書上魯迅的一章我算看得眼熟，第二段起首便給刪了一句，那一句是「這種殊榮當然是中共的製造品」，屬李歐梵青澀的譯筆，原文卻是老成典麗的一句：This adulation, of course, was a Communist enterprise!

硬生生將夏先生的布衣撕去一角，也份屬一種 Communist enterprise 吧。

《信報・北狩錄》二〇一四年四月一日

曉鈴所藏

前年盛夏，人在北京，熱得呱呱叫，忙躲進琉璃廠中國畫店裏的一片清涼。店中燈不多又不亮，空調調出來的清涼世界還算古典，書香容易流轉嘛，抬頭見掌櫃身後一大套藍墨水色《吳曉鈴先生珍藏古版畫全編》，洋洋十冊，忽爾滿堂亮麗。

從前吳先生也會在這店中遊玩，陸宗達賢孫子陸昕寫乃祖父及其師友，說一回在中國書店裏遇着吳先生在沙發上跟店員閒聊，吳先生招手叫他過去，便跟他聊起文人學人的世說新語來，語及業師羅常培愛栽培學生，欣慰各得其一門真傳功夫，便問陸昕：你道我得了甚麼？原來羅常培說：「吳曉鈴得了我這個脾氣！」

脾氣不脾氣，我們僅僅紙上聆教的又怎說出個味道來？週前文侶雷先生好心腸，給我傳來一篇法蘭西漢學家Jacques Pimpaneau的新鮮訪問，Jacques一九五八年到北京讀書，「第二年，我運氣太好了，成了吳曉鈴的學生！」原來Jacques在北大掛單，卻心儀吳先生的學問，便毛遂般寫信自薦，但吳先生屬不同單位，時在社科院文學研究所，當局為難又不便推卻，便請吳先生在家裏為老外授課好了。「就這樣，每週三下午，我去吳曉鈴家，他給我開小灶，那年鬧饑荒……每星期三，我會提兩大袋罐頭食品去吳曉鈴家，上完課再提兩大袋書回家，都是他借給我的。」這洵然是 Hard Times 裏的一道 light hearted 風景，只不知那兩大書袋裏盛着的是哪幾種人間寶典、匣中琳瑯？

吳先生祖籍遼寧綏中，他的珍藏便成了綏中吳氏藏書，跟文學研究所上司長樂鄭氏西諦一般富於孤本善本小說戲曲版畫收藏。那天在中國書店裏我未有摘下綏中吳氏所藏版畫，回家後念茲在茲，便央相熟書店訂回來好圓胸中所缺，還要放在西諦《中國版畫史圖錄》之畔，一塊兒言笑晏晏，或俏當年西諦領着吳先生編刊《古本戲曲叢刊》諸集時的光景。

其實我嫌「綏中吳氏」之名太 generic，遠不若先生齋名「雙棔書屋」來得 delicate。吳先生說，有個懂中文識漢字的老外，嘗問他「棔」字何來，吳先生遂引了《紅樓夢》第七十六回上史湘雲的話：「幸而昨日看《歷朝文選》，見了這個字，我不知是何樹，因要查一查，寶姐姐說不用查，這就是如今俗叫做朝開夜合的。」那老外會否恰是 Jacques 先生？

《信報 • 北狩錄》 二〇一四年四月二日

流落特區的屈原

聞一多四十年代寫的《人民的詩人——屈原》，今天依然誦之彌怡。首先，聞先生力持屈原早已不是貴族，而是「早被打落下來，變成一個作為宮廷弄臣的卑賤的伶官」。屈子從來都是楚大夫，得得失失，縱然路長人困，也是墮入凡間的天使，何曾卑微至下流伶官？此說不根無憑，聞先生曲為之說還不是為了彰顯屈原之高潔孤芳？否則「中國人民（如何會）把他們這樣一個重要的節日轉讓給屈原」？

端午節和屈原既是神話也是詩，聞先生曾詳考來龍去脈，勒成長文《端午考》，謂端午一事遠古時代已在南方各地盛行，乃敬畏龍此一異獸的節日，後來屈原給附會添進去，blended in 而成亦風俗亦人文的感念日子。

讓想像張揚，我城可會是二十一世紀坎坷屈原的化身？我不敢妄學聞先生好心曲說，但從前讀 David Hawks《楚辭英譯》長序，提到楚地文化竟盡是商王朝的 colonial relics！霍克思乃牛津高人，移譯專挑艱難作品，八十回《石頭記》英譯跟淚盡而逝的雪芹所作一樣傳奇，前此是沉鬱頓挫《杜詩小集》（*A Little Primer of Tu Fu*），再之前譯的便是《楚辭》，初版一九五九，新版一九八五，譯文更動不多，惟書前新序添了許多新鮮想法，其中毅然說：「目下考古證據雖不太多，但完全無礙於荊楚巴蜀曾為商朝之文化殖民地（colonies of metropolitan culture）。」

而商文化正是鮮明的巫文化（Shamanism），巫更是能通天地鬼神的智者賢者。早於一九三六年陳夢家便寫有開啟山林之作《商代的神話與巫術》，云：「由巫而史，而為王者的行政官吏；王者自己雖為政治領袖，同時仍為群巫之長。」這種憑巫以通天地，既事神亦事人的傳統，實周代禮樂文明創始以前的天人世界，今春余英時先生《論天人之際》論之詳矣。霍克思的大膽創見在於點出東周戰國之世，楚地巫風盛行，實商朝古風之遺澤（conservatism commonly found in colonial societies），只是時移世大易，屈原之世的古風後來在儒教眼中倒成了荊蠻迷信，直如基督教之卑視古宗教為異端邪說（Shamanism was the Old Religion of China, dethroned when Confucianism became a state orthodoxy and driven into countryside, where it fared much as paganism did in Christian Europe）。

屈原是巫，《離騷》如是他所作，那是巫詩；端午如是懷念他的日子，那是巫節。荊楚既是南方瘴癘之地，屈子一介南巫，如何受得起中原帝國之禮祀？

「帝高陽之苗裔兮，朕皇考曰伯庸。攝提貞於孟陬兮，惟庚寅吾以降。」屈原在《離騷》起首如是自敘家世。

據星歲紀年法，那是公元前三四〇年，書上說屈子年六十二，乃自沉。二千二百三十年後，即一九五三年，共和國舉國猶狂，紀念屈原之死，人民郵政發行了面值八百圓的屈原郵票，楊憲益伉儷新刊英譯《楚辭選》，汨羅江畔剛建成壯麗屈原祠，遠在巴黎的世界和平理事會更舉屈原為人類四大文化偉人之一，其餘三位甚 odd-mix，既有天文學日心說之父哥伯尼，法國文豪 Rabelais 和古巴烈士 Marti——從來共和國跟屈原也屬非常 odd-mix，一來屈子是楚貴族，階級成分惡劣；二來《離騷》寫神遊天國，神女奇花異獸，絕無寫實主義筆觸，大違延安文藝精神；最終投水而歿，明白自絕於人民，縱然不是導人迷信的巫咸，屈子總難以在共和國的燦爛陽光下備受崇拜吧？先知先覺的郭沫若也只能勉強開脫：「屈原又根本是一位愛國者。」呵呵！只要是愛國者，一切好辦，封建貴族，浪漫詩人，神奇巫祝，資本主義，地產霸權，同是花開各樣的一國兩制唄。

然而，一國兩制的傳奇不見得人人受落，華盛頓大學的 Laurence Schneider 頗着迷於屈原在二十世紀的身世遭遇，寫過一本豐富小書《A Madman of Chu》（李白詩云：

「我本楚狂人」），對共和國如此厚待屈原甚不解，惟有猜想這 folk cult 跟偉大領袖的 personal cult 息息相關。毛氏生於湖南，戰國之世為楚地，既自許「數風流人物，還看今朝」的他自屬楚狂——It is that mad ardour of Mao that seems most resonant with the lore！

自霍克思以後，《楚辭》英譯沉寂了一陣子，前年才有紐約城大的 Gopal Sukhu 又譯一遍《離騷》與《九歌》，此君在文體修辭上未必可見新猷，但他的 interpretation 比屈原為巫之說走得更遠，謂《離騷》的作者是宮中巫者，給天上神靈（「帝高陽之苗裔兮」）附體，遂寫下飛升天際的奇異旅程，而此神靈正是庚寅之日從天上飛降下來（「惟庚寅吾以降」）！這位天際來客下凡來正要訓誨人君何謂「正則」、「靈均」（「名余曰正則兮，字余曰靈均」），但 Sukhu 將「正則」寫成 True Norm 有點彆扭，未若霍克思貼心：True Exemplar！

「正則」高於人君，從來如是，二十五年後的今天更如是。

《信報 • 北狩錄》 二〇一四年六月三及四日

國族無窮願無窮

妖人頻呼愛國，妖！尚幸酷暑中我城數十萬人正氣凜沖牛斗，才叫國族願望無窮。少年時讀梁任公詩《自勵》第二首，下半截低吟：「十年以後當思我，舉國猶狂欲語誰。世界無窮願無窮，海天寥廓立多時。」試將「我」字改成「我城」，不亦宜乎？

少時讀任公詩，不知世事荒誕，自然沒可能想得如此幽遠，只取其器宇軒昂，最宜少年養氣。傳說共和國首任總理在天津南開中學念書時亦愛如此一首「願無窮」詩，然而任公跟共產黨人未必説話投機，尤是賦此詩時還不滿三十而立，時為一九〇〇年，維新已死，天涯亡命，任公獲澳洲保皇黨之邀，遊澳洲半載，甫歸日本，雖然有志，卻尚屬保皇，章太炎索性笑他「悲痛於革命，而思以憲法易之者，為其聖明之主耳」。任公主張虛君立憲，屬國族主義者，不持民族主義，因他不排滿，也不要清室退位，於《申論種族革命與政治革命之得失》一篇中力陳滿漢有六大相同處，自是親若一家。然而所謂六大相同，頗生造牽張，硬將兩制納入一國，可見任公所圖之艱難。差不多六十年前Joseph Levenson寫好了《Liang Ch'i Ch'ao and the Mind of Modern China》，第四章上直呼任公的國族主義是種 Patriotic Schizophrenia，矛盾重重。我更疑心這種癡心愛國又跟各種現代價值不相和睦，一九一一年，辛亥變天前夕，十月初六任公尚託友人致書袁世凱，云：「鄙人既確信共和國政體為萬不可行於中國，始終抱定君主立憲宗旨，欲求此宗旨之實現，端賴項城（袁乃項城人），然則，鄙人不助項城，更復助誰？」說的如是真心話，後人讀之，誠無可奈何，須知袁世凱摧折維新，戮六君子，任公跟袁應是血海仇深，怎得由衷助袁？頃讀任公清華學生吳其昌《梁任公先生別錄拾遺》，記錄任公夤夜親述而頗有世所未知者，有如此一條：「先師所述：『袁項城拒?飾非，作偽術之巧妙，登峰造極，古今無可倫比。』」誠難明白。

亦難明白的是，為甚麼詩作「世界無窮願無窮」？忽爾那樣現代，那樣 cosmopolitan，不以一國族之愛為限，天地頓然寥廓。然而，多年來我心上念的卻是「國族無窮願無窮」啊！

梁任公是大人物，生前歿後亦招八方風雨，辛亥後出仕袁世凱，怒之者謂其「賣朋友，事仇讎，叛師長」，子弟親者則譽其「置恩怨於度外，則鮮有人及之者」。政治一涉愛國，是非進退盡是人言。吳其昌於清華國學研究院既師事任公，復事承陳寅恪先生，曾寫《梁啟超傳》，惜中途嘔血而歿。陳先生一九四五年乙酉離亂中寫有《讀吳世昌撰梁啟超傳書後》，語多隱晦，「迫於時勢，噤不得發」，彷彿不作解人而解之，故云：「然則（梁）先生不能與近世政治絕緣者，實有不獲已之故。然則中國之不幸，非獨先生之不幸也。又何病焉？」然則國族不幸自會禍及國人，斯時也，愛與不愛，已無關宏旨。

將任公詩「世界無窮願無窮」改成「國族無窮願無窮」的是徐復觀先生，我亦因此多年來遺忘了任公原句，誦新句如舊識——其實徐先生的新句從來舊識，少時讀先生《國族無窮願無窮，江山遼闊立多時——答翟君志成書》，中有溫煦自道：「我的品位，沒有他兩位先生（任公與唐君毅先生）的高大，站在海濱一角，不是面對海洋面向整個的世界，而常是回首回顧，望向故國的江山。」是以徐先生方才改「世界」為「國族」，不作形而上的世界公民，倒做個飽酣立體鄉愁的慈悲愛國人了。徐先生雖然愛國慈悲，但天生反共，其大作多年來不能全數見容於共和國自不出奇。出奇的是今春國內九州出版社陸續分卷刊行《徐復觀全集》，主其事者有先生哲嗣徐武軍，我便期期寄望一切完璧。初回入手的數冊紙墨淨素，且每冊封面上印的赫然是先生手改的兩句：「國族無窮願無窮，江山遼闊立多時。」我暗喝一聲彩，趕忙翻開題為《論智識分子》的一卷，看看那篇《答翟君志成書》是否在焉。在！卻有刪節！幸甚我珍藏有台灣時報版《徐復觀雜文——論中共》，可一一對照，所謂「全集」竟刪去文中鏗然數句：「中共政治結構中，完全沒有作為人類進步根源的人格平等的觀念。」徐先生此文成於一九七八年，莫非三十多年前的睿識，今天依然搔着人家癢痛處？衡諸當下我城嚷嚷之選舉提議，妖人色厲內荏，徐先生自是分毫不差。

諸君，國族願望還在去其苛政暴秦。

《信報・北狩錄》二〇一四年七月七及八日

居然讀毛選

一、

毛氏之文，除非閣下略有歷史癖，否則不必紆尊勞神，就算真的活得不太耐煩，尋死的活兒還不多着？

從前沒人給我好心告誡，《毛選》四卷加華國鋒監修的第五卷遂曾認真翻翻，卻是非常討厭，彷彿文如其人其字。這段少年心事其來有自，居然來自《傅雷家書》及其中的一截 Dad issue。傅雷寫給傅聰的家書刊行於上世紀八十年代初，陽光燦爛，我捧讀的是香港三聯的簡體初版，追看得心紅手熱，最愛信上不同型號的上款：「聰，親愛的兒」，「親愛的聰」，「聰兒」和「聰」。對號入座是同名（縱然只是僅僅三分之一）人士的未註冊專利，閣下羨慕不來。家書上寫的是嚴厲家教，由文學、音樂、藝術以至血肉少年維特的煩惱，無微不至，一切宛若傳說中那不被擁有，只會代代相傳的 Patek Philippe 陀飛輪——You merely look after it for the next generation，我自然入心入腦。

一九五七年三月十八深夜，京城不知冷不冷，傅雷前幾天現場聽了毛氏「百家爭鳴」的講話，心存感激（或提防黨國書信審查？），在信上喜道：「（毛氏）的胸襟寬大，思想自由，和我們舊知識分子沒有分別。加上極靈活的運用辯證法，當然國家大事掌握得好了。毛主席是真把古今中外的哲理融會貫通了的人。」

傅雷鐵骨錚錚，不是郭沫若柳亞子之流，說的自當可採可信，最少我不必懷疑此中有詐，最多只是某年月，路滑霜濃，賢者亦看不準人，可惜。我們後來人，只是坐享 the luxury of hindsight，其實不比前輩聰明，然而，hindsight 也是 insight，傅雷以「主席」敬稱毛氏，我則不堪如此。文侶雷先生日前授我以左丘明春秋筆法，謂「賤之，故不及其名」。妙！我《左傳》看得少，翻了半天尋不着這妙計錦囊，倒在〈昭公三十一年〉上看到：「冬，邾黑肱以濫來奔。賤而書名，重地故也。」意謂邾國的黑肱挾本國一地（濫）投誠，賤人一個，史書本不應書及其名，但國土珍重，來龍去脈得交代圓滿，故傳上說：「以地叛，雖賤，必書地，以名其人，終為不義，弗可滅也。」

禍國殃民者留名春秋，不因其高賢清貴，惟國民遠重，「重地故也」，因此怎樣也得齒及其名，讓其不義弗滅。我一向逕稱「毛氏」，是有故焉。

二、

毛氏去歲冥生一百二十，雖未聞大鑼大鼓，但還是禮印了一套三函九冊線裝紙墨精良的《毛澤東晚年過眼詩文錄》，收的是毛氏晚年挑來讀的八十六篇古詩文，也屬毛選吧。書實在印得漂亮，還滲着縹緗的飄香，索價三千，今世算不貴了：雖然我剛入手的兩冊羅富齊男爵（Baron Ferdinand de Rothschild）Waddesdon大宅藏書圖錄，逾千頁的堂皇典麗，才索價三百英鎊，Anthony Hobson在月初的TLS上脫帽禮讚：It is likely to be the last as well as the most distinguished of its kind。噢！閒話表過：自不能忍手。書店掌櫃是長年相知，素知我厭毛，見我竟抱着如此一套毛選，眉毛蹙處，透着疑惑，我即趨前自首，笑謂裏頭又有一個可哀故事。

這套毛選又稱「大字本」，其式樣字體佈局疏朗開揚，為的是毛氏晚年目力日衰，必須如此，故「大字本」不僅是詩文選，還是一部精心經營的bibliographical edifice，然而其經營經過卻少不了共和國封建政治慘慘戚戚。劉修明是其中一位校點註釋人，在「大字本」〈影印版後記〉上說：「參與當時這項極其保密工作的實踐過程和切身感受，兼之史學工作者的職業本能，使我們深切認識到這批由毛……在特定時代條件下點題的古文獻內含的社會歷史價值。」話說得臃臃腫腫，意思卻影影綽綽，還故意漏掉兩個人名：姚文元、朱永嘉。姚文元不贅了，朱永嘉是歷史學者，文革時上海市委要角，既主管文教系統，又是寫作組寫手，跟四人幫自脫不了親密關係，劉或「賤之，故不及其名」，但朱卻將自家事情抖了出來，前年在我城還出版了一部口述錄《晚年毛澤東重讀古文內幕》，將劉修明略去了的補了回來。話說自一九七一年下半載起，共和國依然水深火熱，毛氏文革得不亦樂乎，接班人林彪卻亡命出走，折戈沉沙，毛氏閒庭信步，今日得寬餘，選了詩文，命姚文元陸續弄來標點註釋大字本送他床上踞讀，姚遂指派朱恭行其事。接了間接上諭，朱便組織上海復旦歷史系中文系的有名學者効其勞，點校註釋，「最後由（朱）和王知常審定文稿後才正式印刷，再送給姚文元呈送給毛……」毛氏一生樂得神秘兮兮，不露上意，自然未有向人透露為甚麼偏選這批詩文，太監下人卻懂得將一切列作「極其保密」，由上海送書上京的還要是所謂「機要交通」呢。

三、

首批上呈御覽的是啥機要？《晉書》上的四篇傳記。《晉書》不是琳瑯秘笈，絕難攀上「機要」的 super secret，那四篇人物傳是〈謝安傳〉、〈謝玄傳〉、〈桓尹傳〉和〈劉牢之傳〉，略涉魏晉六朝史乘者必然或聽過或賞過，稀奇不來，頂稀奇的倒是這四篇給印成「實體書」的荒誕小風波。

卻說毛氏口非心是，實踐矛盾，人前推許簡體字，人後索書要的竟是優雅正體本——我忽然想起一九五五年十二月十一日夜，傅雷寫信囑咐聰兒：「毛選中的〈實踐論〉及〈矛盾論〉，可多看看，這是一切理論的根底。」——總之累壞了手下人，手下人劉修明憶述，校點註釋停當，趕忙送往上海中華印刷廠印製裝訂，可是時值文革妖亂，當時中華不敢存留正體字銅模，故早賣給江西一爿小小印刷所。經手人還不抓狂？貪夜趕往江西，拿一套簇新簡體字銅模央人家換回來，方才印成上呈的「大字本」。世事竟有如此者，六月飛霜！

若毛氏悉之，想必踞臥中南海巨床上龍顏大悅，看〈謝安傳〉看得分外起勁，據說還發現了註釋中的一處地名 typo。風雨中讀書依然仔細若斯，從容坐定，栩栩如桓溫欲篡晉室，暗陳兵馬，召謝安及王坦之至，欲於坐中殺之，王坦之早嚇得「流汗沾衣，倒執手版」。謝安卻從容就席，坐定，問桓溫：「明公何須壁後置人邪？」嘩！一切盡在計算之中，看得人毛骨聳然。我心腸壞，總疑心毛氏此處既是謝安，又是桓溫，此外世人盡是王坦之而已，是時為一九七三年二月。無巧不成話，是年三月，王世襄先生「在文化大革命中經過審查，根據現有材料，未發現新問題」，故皇恩浩蕩，獲發還大批抄家抄走的書籍文玩，中有清代同文書局石印《二十四史》四箱一大套，屬欽定殿本，然而可能不夠字大吧，否則裏頭的《晉書》或堪毛氏御覽焉？

「大字本」是封建帝皇所狎書，平民不宜。平民怎樣拿書看？一七八八年二月六日，Thomas Jefferson 時任駐法大使，馳書予身在紐約的 James Madison，信末說：「I will beg the favour of you to send me a copy of the American Philosophical Transactions…」那是美國哲學學社的定期論文集，我未有見過，想來該是小號字體印的書吧。

《信報 • 北狩錄》　二〇一四年七月二十一至二十三日

血性茂蘭

一、

高眉友人自芬蘭法律群英會返，不惜高眉，貽我一函兩冊芬蘭語譯《古文觀止》，我笑笑納。吳楚材吳調侯雖仕履無考，然所編所選，早屬我國學子尋常啟蒙讀物，自不屬高眉，然尋常物事遠適歐洲大北方，且以人家國語出之，漢語梵音，忽爾如《宋高僧傳·唐京師滿月傳》中翩然所見：「翻也者，如翻錦綺，背面俱花，但其花有左右不同耳。」花前花後，能不高眉？我便乘機倒翻《觀止》，逆觀左右花，最末一篇是崇禎間進士張溥的〈五人墓碑記〉，竟恰與近日於「北山汲古」展覽中寓目的一張長卷相呼吸，那是周茂蘭的《血疏貼黃稿》。

周茂蘭父親是周順昌，明熹宗時吏部主事，狷介忠烈，東林君子，自然極厭魏忠賢，自然亦不得好死。那天魏黨東廠於吳中逮捕周先生，《明史》卷一百三十三上說：「及聞逮者至，眾咸憤怒，號冤者塞道。至開讀日，不期而集者數萬人，咸執香為周吏部乞命。」那是當年為阻不義的心香公民抗命了。東廠爪牙兇猛，遂為廠發聲：「東廠逮人，鼠輩敢爾！」公民居然是鼠輩，卻說「鼠輩」蠭擁大呼，勢如山崩，縱橫擊殺東廠真鼠輩云爾。可惜歷史不是電視連續劇，難有皆大歡喜，旋魏黨反撲，周先生鋃然下獄，夜裏更給歹人無聲殺了，而吳中抗命群眾亦遭算賬，當中五人顏佩韋、楊念如、馬杰、沈揚及周文元給誅，是即《五人墓碑記》之碑主矣，記上說：「五人之當刑也，意氣揚揚，呼中丞之名（即逮周先生之魏黨毛一鷺）而詈之，談笑以死……」雖然慷慨，殺頭依然。斷頭後五人頭顱置於城上，「顏色不少變」。薄扶林大學黃兆傑老師譯全了《觀止》，此處貼心譯作「Their severed heads, with their live expressions unchanged…」我乍見魯迅筆下的〈眉尺間〉。

周先生長子周茂蘭，字子佩，名與字俱馨香盈懷袖，先君子遭難後一年，熹宗崩，崇禎繼位，魏忠賢自惴不得好死，慌忙自縊。時逮周先生者毛一鷺幸運早死，然其上司閹黨五虎之倪文煥竟尚安然，還自願下野歸田，全身而退。周茂蘭既為人子，父讎戴天，自當泣血。

二、

周茂蘭〈血疏貼黃稿〉是嚙指蘸血寫來，曾經殷紅斑斑，四百年下來，血已成碧。此疏不長，僅百四四字，敬錄如左：

「原任吏部文選司員外郎今贈太常寺卿周順昌男生員周茂蘭謹奏：為孤忠已被恩褒，沉寃尚未剖晰，特搏顙號天，懇報父讎，以彰國法事。臣父忤璫慘死，皆繇倪文煥謀之於內，毛一鷺因而謀之於外。殺人抵死，律有明條。而文煥鼎湖勸進，一鷺亦嘗建祠媚璫，尤祖法所不赦。伏乞勅下部院，將提到倪文煥，即刻處決；已故毛一鷺，還行褫戮。庶父怨得雪，國法亦伸。謹奏。」

疏末碧血盡處有「血性丈夫」巍然四字，實明亡以後周茂蘭拜的一位佛門師父所書，其字頗有獅子吼聲，尋且金鋼怒目。然而當日寫此血疏之時，周茂蘭尚是年華廿四，憤世嫉奸邪，才有血疏上奏新君之激烈，點名要誅閹黨倪文煥，以雪父寃。血疏初成後，呈父執姚希孟過目，閱後愀然良久，方曰：「若少年未諳事，且方悲憤，率臆以書，中有『鼎湖勸進』等話，非臣子所直言，萬一天子廷詰，將何辭以對？」正是憑姚公一句話，周茂蘭縱十指既枯，仍奮然破舌取血，復另寫一疏以呈，是以原來血疏得以長留民間。然則「鼎湖勸進」違諱者何？疏後款款時人後人題跋多矣，然未有詳述違諱事者，其事遂晦。嘗檢《明史》、計六奇《明季北畧》及晚明二三雜記，俱未見倪文煥曾有向魏閹勸進事。「鼎湖」一典，我少時初識於吳梅村〈圓圓曲〉：「鼎湖當日棄人間，破敵收京下玉關。慟哭六軍俱縞素，衝冠一怒為紅顏。」其典出《史記．封禪書》，蓋指皇帝歸天之所，梅村化而用之，借「鼎湖」指先帝。崇禎新君初立，茂蘭此處拈出倪文煥的罪狀，即先帝熹宗崩時文煥曾勸進，跟毛一鷺為魏忠賢建生祠一般為祖法所不容，是又何諱之有？

勸進事不詳，明李遜之《三朝野記》卷三載：「鼎湖攀髯之日……逆黨先又獻計，欲令宮妃假稱有娠，而竊魏良卿子以入，忠賢輔之如新莽之於孺子嬰。」黨中亦有文煥乎？既議垂簾，復有勸進否？然而，鼎湖易朝之際，步步驚心，事涉隱密，寧得聞歟？

茂蘭血疏初見錄於明人黃煜彙次《碧血錄》附篇，錚錚然，鏗鏗然。

三、

周茂蘭血疏附錄於《碧血錄》，誰敢曰不宜？《莊子》說伍員與萇弘之血，藏諸三年，化而為碧，可見碧不僅是顏色，還是忠義之晶瑩，故金庸說部《碧血劍》英譯欣然作《The Sword stained with Royal Blood》。Royal 也者，何止於皇家藍血，更是一門矜貴，majestic and splendid。

我於北山汲古中佇立靜觀血疏題跋良久，最愛誦黃宗羲一篇：「此時余方十九歲，佩兄（即茂蘭）方二十四歲，兩人相期所以報答君父者，正未有量，豈料今日（三十七年後）相對，霜髯雪鬢，家國破碎，泫然者久之。」又三百年後，羅振玉復題曰：「顧亭林先生謂，自古有亡國、亡天下。明之亡，亡國而已，天下未嘗亡也。今日者海桑之變，未逾廿稔而非孝侮聖，邪說橫行……」我於此乍見周融之流「為港發聲」之邪媚，其當下之橫行，幾有「非孝侮聖」之蠻勢，將亡我城天下（今人所謂核心價值者）耶！謝國楨三十年代勒成《晚明史籍考》，其中〈碧血錄二卷附周端孝先生血疏貼黃冊一卷〉一條洽云：「庚午秋，白堅甫以貼黃卷子來燕京，大如牛腰，題跋殆遍，首為黃太沖（即黃宗羲），最後為羅振玉，忠烈光芒，復照於人間。」信然。

周茂蘭上疏後，閹黨倪文煥獲誅，崇禎帝更加封周家三代，然而《明史》明載，時魏閹方敗，朝臣不欲廣搜樹怨，只列四五十人為閹黨，可是「帝少之，令再議，又以數十人上，帝不懌……」其實崇禎御極後亟欲一網打盡，故倪文煥早列秋後處決者十九人之一，茂蘭血疏乘勢揚波而已。

「貼黃」也者，初見於唐制，歷宋而明，屢有更變，俞樾説：「明制貼黃，則撮取疏中要語而已……端孝此書，蓋遵崇禎新制，然既云血疏，似不必再云貼黃，貼黃即疏也。」「血疏貼黃」實蔓辭，可卻暗契「一紙貼黃，千年化碧」之巧思。血疏後跋止於「壬申十一月十一日鄉後學吳湖帆謹觀於密韻樓」。壬申是一九三二年，猜想此卷入藏北山堂前落戶於烏程蔣氏密韻樓。蔣汝藻字樂庵，因藏宋周密手鈔之《草窗韻語》，其藏書樓遂名「密韻」。

王國維〈樂庵寫書圖序〉盛稱：「樂庵富收藏，精賞鑑。其藏書之所曰『密韻樓』者，余嘗過而覽焉。」未知曾睹茂蘭血疏乎？今我輩從容得睹，借哀我城，此其時也。

《信報‧北狩錄》二〇一四年七月三十日、八月四及五日

藏器藏身

一、

偶然也愛《易經》上的 aphorisms，如《易繫辭下》這兩句：「君子藏器於身，待時而用。」說不準有用無用，一切還看時辰造化，是以我們藏書藏器藏鋒，又從所藏之愛窺見藏者的人品心事。邇來翻看年前買下的《上海博物館藏王國維跋雪堂藏拓本》，一函兩冊，紙微香，墨影晴朗，收的是羅振玉幾十種藏器榻本，含鐘鼎、酒食器、兵雜器上銘文，還有王國維的幾十條跋識，最後一條上說：「雪堂所藏八九十種亦皆精宲……此冊中諸器皆為余曾所摩挲者，其文字亦頗有所發明，因為題記數十則，請是正焉。孔子生日，海甯王國維。」那是交深言淺了，說得雲淡風輕，稍稍隆重的只是那天恰逢孔子生日，即陰曆八月二十七。那一年是辛酉，一九二一年，應該還有祭孔吧。太史公《孔子世家》上只寫「魯襄公二十二年而孔子生」，沒有說過哪月哪天，研究孔廟有年的黃進興說，這天祭孔致齋之事竟始於雍正帝，後來兒子乾隆登極，不爽，廢了。

倒是換了民國政府換了天，才索性定在陽曆九月二十八，未知何解？可祭孔也不必禮見虔誠，試看魯迅一九一三年九月二十八日的一條日記：「星期休息。又云是孔子生日也。昨汪總長令部員往國子監，且須跪拜，眾己嘩然。晨七時往視之……頃刻間草率了事，真一笑話。聞此舉由夏穗卿主動，陰鷙可畏也。」我能想像那夜魯迅應是一邊笑一邊嚙着牙寫日記。夏穗卿即夏曾佑，時任教育部社會教育司司長，魯迅好像從來厭惡此人，但是明明某年某月，魯迅寫了一張亮堂條幅，錄的竟是夏氏詩二句：

帝殺黑龍才士隱
書飛赤鳥太平遲

下款處不忘惡評：「此夏穗卿先生詩也。故用僻典，令人難解，可惡之至。」魯迅真不易明白，彷彿《食神》裏史提芬周的自況：「邊有咁易畀你估到？」是是是！此條幅今藏北京魯迅博物館，我沒緣得見真身，只在也錯過了的紹興魯迅紀念館「魯迅手跡珍品展」印的圖錄上賞過味兒。先生的字真好看，畢竟寂寂的在S會館裏抄過許多個晚上的魏碑晉碑六朝造像題記，那年月先生應也是「藏器於身，待時而用」。

二、

錯過了的又豈只是多年前紹興的魯迅手跡珍品展？新近還有八月初才於倫敦落幕的Kenneth Clark 藏品展。藏品展選址 Tate Britain，多月前曾癡想回去一看，寄望倫敦的夏天等我來，故早早訂來展覽圖錄做功課，其實望梅更渴，忽爾今夏過去，暴雨驕陽俱走了，我還是原地追咬自家尾巴，何曾向天少移半步？

Kenneth Clark 的藏品展題目叫「Looking for Civilisation」，叫觀眾雪亮着眼睛好好看 Clark 的功業。一九六九年二月二十三日晚上八時十五分 BBC2 首度播出 Clark 主持的《Civilisation》，副題是「A Personal View」，往後一共播了十三集，早成電視史上高眉經典，我特區小人仔未曾坐在熒光幕前賞過，當年看的是 Clark 在一九七二年寫出來的同名小書。甚麼是 Civilisation？Clark 說「It was something which was worth defending and something that was in danger」，我城人必有戚戚同感焉。Clark 心憂的是經兩場大戰摧折後的西方文明，但他心中的文明滿是大師天才之作，personal 得很，incurably aristocratic 得很，沒有無產共產階級的份兒，很合我意。其實早在五十年代 Clark 已寫過一本也屬 aristocratic 的小書大著《The Nude》，副題是「A Study in Ideal

Form」，開篇力陳 naked 跟 nude 的分野，to be naked is to be deprived of our clothes，而 nude 則 projects into the mind a balanced, prosperous and confident body！圖錄中藏品選的第一張畫便是 Renoir 畫的嫵媚出浴金髮少女《La Baigneuse Blonde》，自然是一派柔然悠然的 nude，藍眼睛金頭髮粉紅乳尖，未知 Clark 當年寫《The Nude》時，Sudbourne Hall 大宅書房裏掛的是否這張她？畢竟 Clark 寫過：The nude inspired the greatest works！原來望梅更渴未必壞事，只可惜我無緣站在 Tate Britain 的廊上看她。

一回李歐梵往訪魯迅上海大陸新村故居，詫然看到魯迅臥室裏竟掛着一張德國木刻《入浴》，刻的當然是裸女，跟共和國吹出來的革命文學大師高大酷形象有點不咬弦，靈感頓生，寫了很好看的《魯迅與現代藝術意識》，我從此常常憑空空想這張《入浴》圖。幾年前終於站在魯迅臥室裏看到這張畫，刻的是一位豐腴女子，沒有穿衣，玉背向人，盈盈垂首跪在一池淺淺春水中，波紋粼粼，旁邊兩株弱枝風中都彎了腰，應該有點涼，那是 nude。

三、

藏器於己，藏身於人海。東坡那年才二十七，任鳳翔簽判，聞得弟弟蘇轍忽爾辭官，不赴商州，跟老父留在京師，遂寫有《病中聞子由得告不赴商州三首》，不無羨慕，其一結尾云：「惟有王城最堪隱，萬人如海一身藏。」蘇轍得詩後機靈次韻，「閉門已學龜頭縮，避謗仍兼雉尾藏。」那年蘇轍才二十二歲，高才昆仲剛於仁宗殿試上連名並中，正宜心高氣傲，卻瞬間於宦途意興闌珊，彷彿預知前面凶多吉少。同年九月二十日微雪，東坡於鳳翔心情不爽：「岐陽九月天微雪，已作蕭條歲莫心。」才微雪便蕭條，九月真是鬼日子，鬼大還是人大？嘻！人謂人大常委最大，我謂今世我城早已人鬼不分明。

越三年蘇軾終離鳳翔還京，妻子王弗旋夭逝於京華，她便是十年後乙卯正月二十日夜蘇子夢中「十年生死兩茫茫」的小軒窗梳妝人。林語堂在英文東坡傳記《The Gay Genius》上翻作 And saw you sitting there before the familiar dressing table，僅能達意，未許傳情。我家藏的一部是一九四七年美國John Day 公司初版，大心友人所送。友人伉儷大好心腸，贈學興教，格物明德，寄願春芽秋實。年前賢夫人走了，友人落落神傷，便將妻子送的一部《蘇東坡傳》傳之於我，也傳下卷中所藏的那份鶼鰈深情。情深厚藏不必發，蘇軾曾為夫人寫有《先夫人不發宿藏》，云：「所居古柳下，雪，方尺不積雪，晴，也墳起數寸。吾疑是古人藏丹藥處，欲發之。亡妻崇德君曰：『使先姑在，必不發也。』吾愧而止。」多年後，蘇子得廢園於東坡之脅，築而垣之，作堂焉，號其正曰：「雪堂」。我總疑心跟其亡妻這番雪晴勸戒大有關連，是耶非耶？

近世鄭孝胥最愛「萬人如海一身藏」一句，築其樓曰「海藏樓」，顏其詩作曰《海藏樓詩》，其人士宦生涯亦顯貴，卻多有滿腹或真或假牢騷語，例如：

滄海橫流事可傷，陸沉何地得深藏？廿年詩卷收江水，一角危樓待夕陽。

今試易數字以孚當前景況：

廿年追夢收江水，一夜危城送夕陽。

因檢《上海博物館藏王國維跋雪堂藏器拓本》，見「藏」字兩出，遂興藏器藏身之遐想，爰有斯三篇。寫於李飛副秘書長君臨我城宣旨日。

《信報・北狩錄》二〇一四年九月一至三日

蛽蝂忠臣小紅書

不期共和國竟然悍然帝制復辟，先有外國勢力《時代雜誌》得風氣之先，敬禮 Emperor Xi 啦，不旋踵 Emperor Xi 亦欣然唐太宗上身，御賜我城首長太宗詩二句：「疾風知勁草，板蕩見忠臣（一作『識誠臣』）。」那「忠臣」聽了，能不大樂乎？從此愈發有恃無恐焉，我城惟有災上更災。

某君是否忠臣，我輩小民不好說，一切皇上說了算，可是若說當下世情「板蕩」卻了不起，了不得。「板蕩」一詞的初典緣自《詩‧大雅》上兩篇首句，「上帝板板」與「蕩蕩上帝」。此二詩歷來註家紛紜，相反不相成，《毛傳》將「板」訓作「僻」，意為「偏頗」；《鄭箋》將「蕩」訓作「法度廢壞」。誰板板執意偏頗？誰蕩蕩廢壞法度？上帝也。上帝有時是具意志人格的天，有時則無非託喻君王！如此「板蕩」者，即君王（如 Emperor Xi）偏執私意，違紀壞法，致使「其命多辟」——所作命令多有邪僻，遂使「下民卒癉」——民生疲憊！那莫非是我城寫照？依此文意推衍，板蕩中所見的忠臣必然忠於社稷黎民，為皇上上帝進言進諫，撥亂反正，如魏徵之於太宗，為鑑亦為鏡。

果如是，Emperor Xi 其實行己有恥，罪己有德，自承「上帝板蕩」，暗斥未見忠臣耶？想必如此，事關《時代》封面說 Emperor Xi looms large at home and abroad，想太宗當日為「古今唯一之『天可汗』」（陳寅恪先生《論唐高祖稱臣於突厥事》中語），中亞大盟主，順理成章 looms large abroad，是亦 Emperor Xi 之楷模乎？余深以為然。Emperor Xi 必愛魏徵一派之忠臣誠臣，善其忠諫矣！我城首長若一聽「板蕩見忠臣」之「忠臣」，即聞雞起舞，對號入座，實無的放矢，公然誤解曲解 Emperor Xi 的御意了。

那我城首長情何以堪？若不屬忠臣，卻屬何科？愚見以為，其人實屬「蝜蝂之臣」！請試論之。

我城首長忝列我城最高位，卻未有向 Emperor Xi 進其逆耳忠言，直指人大八三一決議「廢壞法度」，其人徒然一再攀附最高權力耳，直如柳宗元筆下的蝜蝂小小蟲。

柳完元《蝜蝂傳》中有云：「蝜蝂者，善負小蟲也。行遇物，輒持取，卬其首負……日思其高位，大其祿，而貪取滋甚，以近於危墜……」蝜蝂是貪得無厭的小蟲，最終必為其力所不能承擔的權力財富所壓死，與人無尤！

從前國文老師於今逍遙，上庠講學，開韓柳文課，我便閃進講堂，聽課來也。於柳文處，講起《蝜蝂傳》來，正好對上我城哀相：「雖其形魁然大者也，其名人也，而智則小蟲也，亦足哀乎。」所謂「其形魁然大者」，即世間一切竊得高高位之人，「其名人也」，nominally called a man，其智則一介小小蟲而已。官大智小自然俾人小。

柳宗元也曾致力做大官，卻為矢志幹大事。當年永貞革新廢黜，柳先生獲罪受貶，流遷南蠻瘴癘地，五年後馳書與京中當權許孟容，還是筆硬口硬：「宗元早歲與自負罪者親善，始奇其能，謂可以共立仁義，裨教化。過不自料，懃懃勉勵，唯以中正信義為志，以興堯舜孔子之道，利安元元為務。」老師在課上特意捻出此段以對照《蝜蝂傳》中所刺之「魁然大者」，吟詠再三。可惜課室幽閉，沒有窗，沒有窗外，看不到不遠處把把小小黃傘下「共立仁義，裨教化」的青年，他們今天的年紀雖較當日柳先生追隨王叔文時還要小一截，志氣神氣卻相彷彿。

我手邊有一部《新刊增廣百家詳補註柳先生文》，都四十五卷，景印南宋蜀刻本，眉清目朗，筆畫遒勁，墨影呈祥，原楊紹和海源閣藏書，後歸北京圖書館。書前有劉禹錫序，序上說柳先生落寞病亟之際，留書禹錫曰：「我不幸卒以謫死，以遺草累故人。」禹錫執書悌泣，遂為故人編成如此文集，且附益以韓愈《柳子厚墓誌銘》。這篇名文，老師在堂上也教了，且鏗然誦出，叫我們好好留心：「子厚前時少年，勇於為人，不自貴重顧藉，謂功業可立就，故坐廢退。既退，又無相知有氣力者推挽，故卒死於窮裔。」

既呼應前邊宗元早歲志氣，也是讀給黃傘下、廣場上的青年聽吧。

這部柳集屬上海古籍景印《宋蜀刻本唐人集》之一，舉國只印二百部，較諸 Emperor Xi 新近廣佈之《談治國理政》，光在 APEC 會場免費派發者已數逾三千，誠小巫拜見大巫。

Emperor Xi 的新書封面一片廉正潔白，中國夢的顏色合該如此無瑕，是以榮獲中國新聞獎一等獎的那張「習近平冒雨考察武漢新港」撐傘照沒有收入書中，怕手上雨傘的顏色不正確，對不上調兒，便索性換入了同一場景的另一角度另一張，誠用心良苦。此卷開度雖未算「魁然大者」，卻不可能叫「小白書」啦，不能跟毛氏的一本相拮抗。

今年是毛氏小紅書出世獻世半世紀紀念。一九六四年小紅書初版，原意只為人民解放軍百萬雄師提供巨大殺傷武器精神原子彈，六五年修訂版出籠，一發不可收拾，前後印了三十六種譯本，全球印數逾十億，人類書籍印刷史上能瞠乎其後的只得《聖經》一部，此恐非巧合，倒透出二者俱滿負 political theology 的本色。

我孤陋，未聞共和國慶賀小紅書五十週歲。外國勢力劍大出版社倒乘時增慶，出版了一部文集叫《Mao's Little Red Book: A Global History》，主編者柏克萊大學 Alexander Cook 欣然以 spiritual atom bomb 為題，點出當年林彪為小紅書第二版寫序，喻毛氏思想為精神原子彈實適時之喻，蓋當年冷戰你死我活，中蘇兄弟決裂，共和國在環球形勢孤單，惟有依賴自我感覺良好，才會有無窮意志，排山倒海，一如原子核的fission，而毛氏思想中的兇橫霸道正好給拿來分裂人民，互相爭鬥，釋出大力云爾。

五十年春花秋月，秦始皇暴厲、明太祖陰鷙，小紅書早成歷史見證。Cook 書結語一章由王斑執筆，寫得非常詭異，竟說文革中敵對派系各援引小紅書以護身，自賦新義於所引語錄，務求擊倒對手，壟斷毛氏真理，王氏說這也是一類 popular democracy！噢！難怪白書上也收了 Emperor Xi 一篇叫〈堅持和運用好毛澤東思想的靈魂〉的講話，引了毛氏的話，招了毛氏的魂。莫非兩代帝皇竟跟我們一般心懷民主理想？

柳宗元參與其事的「永貞革新」流水落花，曲終人亡，倖存者呂溫寫過如此兩句，像是理想幻滅後的一抹風景：始見花滿枝，又見花滿地。

《信報・北狩錄》二〇一四年十一月十七至十九日

金心不異

前、

曾經有很多年，魯迅下班後愛躲在S會館裏鈔古碑，日子和心一樣寂寞，客中少有人來，大概除了錢玄同。後來魯迅乾脆將這一段寂寞寫進《吶喊．自序》裏：

「夏夜，蚊子多了，便搖着蒲扇坐在槐樹下，從密葉縫裏看那一點一點的青天，晚出的槐蠶又每每冰冷的落到頭頸上。那時偶或來談的是一個老朋友金心異。」

金心異即錢玄同，蓋當年林琴南不喜歡新文化運動，做了篇小說，裏邊有個人物叫金心異，影射錢玄同。從此錢玄同於我總繫着金心異這怪號和那冰冰冷冷的槐蠶。

錢玄同是魯迅作家生涯中的啟悟人。《吶喊．自序》裏有一夜，錢玄同翻着魯迅手邊的古碑鈔本，有此一問：「你鈔了這些有甚麼用？」魯迅答：「沒有甚麼用。」錢道：「那麼，你鈔他是甚麼意思呢？」魯迅又答：「沒有甚麼意思。」

從此魯迅便答應做點文章了，錢玄同帶來的這番啟悟轉折，跟魯迅青年時在仙台看到的日俄戰爭國人示眾麻木畫片合成了 the genesis of a writer 的千里來龍。我常想這種 genesis 是否也是小說集的 fictional beginning，歷史與想像的綴合敷陳，如朝花夕拾，如故事新編？嘗翻魯迅那一段日記，果見錢玄同常來魯迅住處，有時一月數起，如一九一八年二月九、十五、二十三及二十八日俱有殊簡潔的一句：「夜錢玄同來」，不支不蔓。當然，魯迅日記除了書賬以外，差不多便是時、地、人和天氣（如頗詩意的「夜風」），再無記錄誰和誰的對話。那時知堂尚未老人，一九一七年移居北京，親近大哥，尊敬大哥，我便好奇翻看那年月的知堂日記，尚祈補遺，看的是大象出版社景印魯迅博物館藏本，雖未經整理，尚幸知堂筆墨朗然好看，我不難找着錢玄同的處處蹤跡，惜知堂跟大哥一般惜墨，只記「夜玄同來談」，最多加附小尾巴一條：「十二時去。」自然也沒有記下金心異的半句啟悟話語。

三幾個十年後，知堂於一九五零年寫有（初刊已是一九八四）《錢玄同的復古與反覆古》，晚歲懷人紀事，也只有淺淺兩句：「在玄同自己使他往反覆古的方面更堅定的前進，一面勸說魯迅開始寫，也是一件有着重大意義的事情。」可那已不屬 contemporaneous 的實錄了。

後、

我常願看看另一當事人錢玄同有否說，如何說這趟啟悟魯迅的夜談。

一九三六年魯迅過世後不久，錢玄同雖然跟他已十年略無往來，還是寫了〈我對於周豫才君之追憶與略評〉，裏邊自有提到往訪魯迅於S會館，也有提到魯迅校碑鈔碑：「他那時最喜歡買《造像記》，搜羅甚富，手自精抄，裒然成帙。」哪來笑罵魯迅無聊無意思，勸寫文章倒有，但不只青睞魯迅，卻是替《新青年》向周氏昆仲約稿。他夜來S會館，其實訪的是樹人作人，是以知堂日記上才常常有「夜玄同來談」的輕輕一筆，且後來是知堂的文章先刊於《新青年》，其後才有魯迅的《狂人日記》。David Pollard在《魯迅正傳》裏提醒我們〈吶喊．自序〉略去知堂，自是魯迅猾獪筆墨——「It has to be borne in mind when dealing with Lu Xun's recollection that he was a writer, and the first call on a writer is not accuracy but effectiveness.」——讓勢成文壇巨椽大筆的弟弟信步閒庭於S會館，確會搶去了哥哥的鎂光戲分。

魯迅說錢玄同嘲其鈔碑無用云云，恐亦是poetic licence下的小小effective fiction。

日前喜獲北大新刊楊天石主編整理之《錢玄同日記》三大冊（此前只有影印本行世，

文侶雷先生深嘆使用維艱！），忙翻檢民國二年至七年間所記，或詳或略，且緣「無恆心之故」，時有斷續，卻不是周氏兄弟流水賬款式，好看多啦。記及訪S會館，多書「晚訪周氏昆仲」，無忘知堂，可也沒有記述鈔碑無用論。當然，absence不等於non-existence，但那些年錢玄同日記中屢有賞字臨碑的雅事，例如一九一二年十月十七日記新得「《鄧完白隸楷三種》，有正出版，楷書瘦勁，絕類北齊之董洪達造象」。十一月二日記「十時頃至尹默家中，復與默辯陽冰篆書之高下」。又一九一六年一月二日記：「喜臨碑板者，尚不失為嗜好之一種也。」及至一九一七年九月十六日有如此一條：「我兩年來早將做書法家之心理拋除淨盡，故於寫字一道無暇留意……」可是不旋踵十月十九日卻因得見影印葉夢得本《急就章草》，「看了很為歡喜！」

如此錢玄同於書藝可算志誠若金，情深不二，怎會承着冰冷槐蠶落在魯迅頭頸之際，更來碑頭着糞？

《信報•北狩錄》二〇一四年十二月九及十日

掃葉無傷花

一、

敝蘆樓下多樹，莫悉其嘉名，惟四時路上皆有落葉，亦紅亦黃亦斑駁，或聚或散，風姿綽然，市政執帚人惟勤不賴，整天價掃其落葉，自左而右，自右而左，彷彿迴旋舞曲，翩翩情意，沙沙綸音。我常從窗前下望，每盼其人仰望晴望之際，四目澄然，相視一笑，或齊呼：「秋風蕭瑟兮天氣涼。」文侶雷先生日前嘉我蒐書如掃落葉，我自欣然領受，想起敝蘆的秋天，想起那年那月的掃葉山房。

蒐書看書養書人自曉得掃葉山房的大名。少時未知底蘊，聽見掃葉山房總想見一青袍老僧迤邐灑掃庭園，或雨或葉，浣花洗劍，一片雲淡，一線風輕，那時尚未識得吳中洞庭席氏的一方棗林傳奇。

常在古書校堪記上見「掃葉山房本」與其他刻本刊本並置，猜得出山房原是秘閣書坊，其來龍去脈卻不甚彰顯。雷先生雅賞的汪曾祺寫過一篇《讀廉價書》，一廂情願：

「我希望有人調查一下掃葉山房的始末，寫一篇報告，這在中國出版史上將是有意思的一筆，雖然是小小的一筆。」念念不忘，竟有回響，去年復旦楊麗瑩果然做了一部《掃葉山房史研究》，補上這好一筆。書首擯棄掌故名家鄭逸梅的閒筆，指山房不會創始於萬曆一朝又或明清鼎革之間，合該成立於乾嘉之世，可我更八卦為甚麼叫掃葉山房？惜楊博士也未能言之鑿鑿，惟引清人周郁濱《珠里小志》所稱席氏子孫世臣「刻秘書數十種，親自讎校，猶懼未盡，故以掃葉顏其室」。那是「校對如掃落葉」的古訓，可是今人多引的一條典故見於《夢溪筆談》卷二十五：「宋宣獻博學，喜藏異書，皆乎自校讎。常謂『校書如掃落塵，一面掃，一面生。』」竟是掃塵不掃葉！我輩看的《夢溪筆談》多是八十年代影印五十年代版胡道靜先生的《夢溪筆談校證》，精校博引，卻沒提及掃塵如何蛻成掃葉。年前胡先生百歲冥壽，門人居然尋獲文革妖亂中遺失的《夢溪筆談補證稿》，且整理出版，洋洋四十餘萬字，但宋宣獻的校讎依然只如掃塵，未聞葉落滿街紅不掃。

校書養書之樂或在「一面掃，一面生」。

二、

Walter Benjamin 在 Unpacking my Library 裏有如此金句：Of all the ways of acquiring books, writing them oneself is regarded as the most praiseworthy method。

校書自是一種書寫，一種寫書，胡先生一生鍾情沈括，光《夢溪筆談》便花開三枝，先後有新校正本，校證本與乎失而復得的補證稿，晚年歷劫餘生寫下半生心事《夢溪筆談校證五十年》，由童蒙稚趣説起，因乃父懷琛先生職司出版，胡先生從小便着迷小鉛活字粒，「時常省下果餌錢來，用一個銅元買兩粒鉛字帶回家來打印在紙上為樂。」《夢溪筆談》卷十八載了畢昇的活字版故事，五十年來的夢溪校證卻説出了胡先生的 sweet obsession，誠亂世恆心，彷彿嵇叔夜低吟的幾句：「吉凶雖在己，世路多巇巘，安得反初服，抱玉寶六奇。逍遙遊太清，攜手長相隨。」嵇康此詩各本多題作《贈公穆詩》，魯迅校本卻作《五言古意一首》，末句且作「攜手相追隨」。

精校恆校《嵇康集》是魯迅的一瓣癡心。先生自一九一三年始，直抵一九二四年寫畢校本序文，歷時十有數年，中間先後數校。李歐梵在 Voices from the Iron House 中慨嘆未明魯迅跟嵇康之相契處（the personal affinity），因先生序跋和考證眉批中惟見其對版本的興趣（his interest is purely textural）。我看不必強作解人，隨喜而發，或更見心曲，例如先生初於一九一三年癸丑十月二十日「夜校《嵇康集》畢，作短跋繫之」。其跋末自識：「中散遺文，世間已無更善於此者矣。」頗雄姿英發，然而十一年後又校畢一過，其序卻自謙「恨學識荒陋，疏失蓋多」。我猜嵇康竟是先生的一園花木，時堪摩挲，時堪玩味，迴環迤邐，手自校讀已成了由壯年入中年的深情revisit。昔年劉向《別錄》嘗謂校書者，即「一人持本，一人讀書，若怨家相對者」。壯年之於中年，自是怨家，或如先生《嵇康集》序上所言：「惟此所闕失，得由彼書補正，兼具二長，乃成較勝。」我此際也無奈作如是觀。

三、

《嵇康集》卷二有兩篇絕交書，俱有名，即〈與山巨源絕交書〉及〈與呂長悌絕交書〉，後書如此結束：「古之君子，絕交不出醜言，從此別矣！臨別恨恨。嵇康白。」由是我想到先生與知堂之手足交絕。

樹人作人兄弟決裂應是一九二三年七月十八日事，魯迅日記當天惟寥寥數語：「是夜始改在自室吃飯，自具一餚，此可記也。」前此兄弟二房同住八道灣寓所，各據東西二廂。那天之後半月餘，魯迅便於八月二日下午攜婦遷居磚塔胡同六十一號，雖臨別恨恨，卻略無醜言。

越一年，即一九二四年六月十一日魯迅寫定《嵇康集》序文，那天其實殊不尋常，檢先生當天日記：「下午往八道灣宅取書及什器，比進西廂，啟孟（作人別名）及其妻突出罵詈毆打……其妻向之述我罪狀，多穢語，凡捏造未圓處，則啟孟救正之。」一切諱莫如深，然先生卻尚有清淨文心了結夜叔之文集，無跡無痕。是又不盡然，三月後，先生寫有〈《俟堂磚文雜記》題記〉，文中有云：「以十餘年之勤，所得僅古磚二十餘及杍本少許而已。遷徙以後，忽遭寇劫，孑身逭遁，止攜大同十一年者一枚出，余悉委盜窟中。」語中「寇劫盜窟」云云，指的便是六月十一日取器受詈罵之事，亦算惡言醜言乎？此文題署「宴之敖者」，頗詭譎，頗不可解，還幸有許廣平的花解語：「先生說『宴從宀（家），從日，從女；敖從出，從放，我是被家裏的日本女人逐出的。』」那女人自是作人之妻羽太信子，這留予許廣平的一筆自屬綿裏藏針。數十年後，知堂於其回想錄上說，於失和事件，「魯迅本人在他生前沒有一個字發表……這是魯迅的偉大處」，我讀來便略有不解。倒是知堂未發醜言，只曾於二三年七月十八日交予乃兄一通手札：

「魯迅先生：我昨天才知道——但過去的事不必再説了……大家都是可憐的人間，我以前的薔薇的夢原來是虛幻，現在所見的或者才是真的人生，我想訂正我的思想，重新進入新的生活。以後請不要再到這邊院子裏來，沒有別的話，願你安心，自重。」美敦書！

從前讀着已然心驚，今兒讀着簡直以為是黃傘人仔、待中同寅對黨國特府下的哀的

金鐘旺角地上或有落葉，卻悠悠未掃，路旁更應有薔薇可擲。

《信報‧北狩錄》二〇一四年二月十二月十五及十六日

素書穆穆

一、

或私淑或親炙或憑文章感染，錢先生一生儒門立教，學林栽花，人師經師，有言無言，桃李繽紛，下自成蹊。少時讀《國史大綱》也曾熱血，也曾憤忼，如書首即云，啟卷者必先具以下信念：「所謂對其本國已往歷史略有所知者，尤必附隨一種對其本國已往歷史之溫情和敬意。」我想我也曾有過如此一番敬意、一番溫情。當然，後來曉得先生是書成於一九三四至三九年間，實離亂悸怖，存亡絕續之世，一切自不待言。我輩幸或不幸，盛世中未必可以隨意胸懷這種幾乎先驗的 axiomatic experience。其實先生書上也說過須因「認識」乃生「感情」，「既已對其民族已往文化，懵無所知，而猶空呼愛國。此其為愛，僅當於一種商業之愛，如農人之愛其牛。」那是警世恆言，惜先生好像未有翻過一面來推敲，因認識亦可乃生憤慨、哀憐與失望。一九九〇年先生仙逝，余先生寫了往後大大有名的一篇〈一生為故國招魂〉以明先生為學之志趣，文首有輓聯一副，其下聯云：「萬里曾家山入夢，此日騎鯨渡海，素書樓外月初寒。」

哲人新萎，素月初寒，一幅清冷幽絕，我從來傾倒。先生八秩時寫《八十憶雙親》，提及無錫故居中有素書堂，其堂匾尚存。門人逯耀東猜那是先生晚歲所居雙溪素書樓嘉名之所由來。先生騎鯨渡海前三月，給台北市政府陳水扁強令遷出素書樓，指其佔用公產。越十年，歲次壬禧，又一個台北市政府推倒重來，將素書樓翻作先生紀念館，我在一個下午悠悠訪過，先生藏書想是移走了，天未晚，素書樓外還未有月，惟略有夏霞，塵還算乾淨。二千年十二月八日《明報》上董先生的文章題作〈讓素書樓世代無恙〉應是如此一道寬心，因認識而乃生的體驗感情。

我不是新亞人，卻也知道今年是書院六十五週年院慶好日子，事關先生門人剛剛刊出一卷《錢穆先生書信集》，雖然我看到封面上長長副題的蛇足便要皺眉，但翻着翻着篇篇尺素錦書，還有先生幅幅渾厚凝碑的墨寶，一切皆功德，一切俱可喜。

「相維辟公，天子穆穆。」朱子集註云：「穆穆，深遠之意。」

二、

一九六〇年五六月間先生馳書余先生，信中謂：「細思弟文缺點，還是在行文方面，作考據文字較易，作闡述文字較難……昔崔東壁有意作《考信錄》，因從頭先讀韓文三年，此事大可思。」噫噫噫！

錢先生是今之古人，照片中常見一襲青袍，一根竹杖，洵然穆穆，難怪論學亦究心文體，勸讀韓文。同年另一函致門人葉龍，亦囑「先從昌黎入門，依次可讀柳、歐、王、曾四家，然後再讀蘇氏父子」。果然貫徹四部。月前於韓柳文課上，國文老師特舉先生一篇〈雜論唐代古文運動〉，吩咐我們回家細細玩味。文章收在先生《中國學術思想史論叢》卷四，論叢合八卷，上起先秦，下迄有清一代，我常置諸几前，翻翻諸冊目錄，便嗅着隔世經史子集的暖香，怡神襲人，那是清人筆記的現代論文版，縱不宜下酒，沏茶卻是適宜。《古文運動》中語及韓愈之承轉，云：「詩文本一脈，若必分疆割席論之，則恐無當於古人之真際爾……此乃自李杜直敍至韓柳，可謂得唐代運動之真源。」彷彿以韓文筆法說韓文了。

先生另有一篇〈韓柳交誼〉載《中國文學論集》，才短文三頁，引韓詩：「同官盡才俊，偏喜柳與劉。或慮語言洩，傳之落冤讎。」說的是昌黎貞元十九年受貶陽山，卻疑此貶竟與友人柳（宗元）劉（禹錫）有關，不曾釋懷。錢先生的斷語是「韓公當時所疑是否確有其事，可不論，而韓公當時之確有此疑，則明白有證」。是亦 What was doubted was doubtful but that doubt was doubtless！我想起徐復觀先生晚年作獅子吼的一篇〈良知的迷茫〉，力斥錢先生迴護漢興以來之專制，疑以「平民政治」粉飾大一統專制之存在。其實只要讀過錢先生通俗小冊子《中國歷代政治得失》和《國史大綱》上冊（因下冊第三十六章直指明太祖以來之君主獨裁），於徐先生的指責毫不陌生，況早在五十年代徐先生已就明代內閣與張居正之權奸問題，亦斥亦質於錢先生，其所據亦如出一轍。

錢先生的回應自有古風，因有後來《答徐君書》一篇。書上笑謂：「從前薛艮齋曾勸陳龍川，說你佔的地位先輸了給朱晦翁；他在那裏高談王霸義利，你卻想替漢祖唐宗昭雪，豈不是先佔了下風嗎？」今回先生竟捨朱子而自居陳亮了。

三、

錢先生從來心折的是朱子，《答徐君書》上居然委屈當起陳龍川來，亦用心良苦。試看先生《朱子新學案》第五冊論朱子之史學之部，中有如此一條：「論治道必本之心術，此即朱子陳龍川所辨王霸之道是也。」又曰：「天姿高而不學問，則無本領，做出事業亦小，只得如管仲、漢祖、唐宗。」復云：「本領即在心術……此乃當時程朱一派理學家所極意發揮之理論……歐、范、司馬乃至陳龍川之徒見不到此」，是以《答徐君書》結語一筆：「我講宋儒理論，縱就喜歡講王荊公與朱晦翁；但講歷史，我仍還同情歐陽文忠與陳龍川。」恕我難以代圓其說，不能不糊塗了。這一箋《答徐君書》不屬私函，一九六六年初刊於徐先生所辨的《民主評論》，後曾附誌於《中國歷代政治得失》之末。此小冊子重印流通不絕，但未審何故，多不見附這封頗費思量的短簡，獨聯經全集版及素書樓文教基金會本有之。前引《韓柳交誼》以羨慕古人結語：「而韓公與劉、柳此後交情，終於美滿，此亦可見古人之終為不可及也。」此事以後，不知二先生之交誼亦復追及古人否？惜我在錢先生回憶錄《師友雜憶》中未見端倪。嘗聞另一錢先生鍾書君笑謂：「錢賓四雖為史家，然其回憶錄極不可靠。」是耶非耶？依儒門所見，論學不止於學問，也是明道，也是為人，漢學亦宋學也。《書信集》中收一九七〇年二月二十三日先生致唐端正一函，云：「道不離事，未有昧於事而明於道者，然亦未有埋沒事中而謂可以明道者。」那氣韻氣勢，望之聽之儼然上接清人李紱編《朱子晚年全編》，那是輯採朱子晚年論學之書，李紱逕說「片紙不遺」，捧卷果見觸處皆是道理，人心道心隨處流轉，宇宙充盈，甚善甚善。試誦其中《答呂子約》第二十七書：「今自家一個身心，不知安定去處，而談王說霸，將經世事業別作一個伎倆商量講究，不亦誤乎？」安插於先生《書信集》中竟無絲毫不妥處。

是今之古人，胸懷古意？抑是古人見理，今古無二？錢先生已盡是古人風度。嘗見啟功一聯，悄然冥契：「窺園聖學傳繁露，納履玄機校素書。」今人如我惟有不滿於今生此時，今世此地。

《信報 • 北狩錄》二〇一四年十二月二十三、二十四及二十九日

那更堪「情迷家國」？

二〇一四年四月一日小欄寫過一篇〈夏先生的一角布衣〉，不敢妄謂敬悼夏志清先生，只是點滴試寫少年時讀《中國現代小說史》的喜悅。年初湊着夏先生仙逝（二〇一三年十二月二十九日）一週年，中文大學出版社重刊了《小說史》中譯，惟書前書後添了夏先生門生故舊的憶夏文章。「一介布衣」是劉公紹銘給夏先生起的雅號，北美姚嘉為新近編成的夏先生紀念文集題作《亦俠亦狂一書生》，標榜的也是愛穿布衣的書生一介，化的自是龔自珍《己亥雜詩》第二十八首：

不是逢人苦譽君，亦狂亦俠亦温文；
照人膽似秦時月，送我情如嶺上雲。

夏先生自是秦時明月，曾高高照亮過沈從文、錢鍾書和張愛玲，一早是文學批評史上的悠悠佳話。夏先生對祖師奶奶的愛惜始終綿綿汩汩，只要一讀前年面世且經夏先生細細箋註的《張愛玲給我的信件》便思之過半矣。《書信集》上滿載祖師奶奶嘮嘮叨叨的柴米油鹽，不驚張學如我者其實只愛讀夏先生的過來人註，例如一九八一年底祖師奶奶寫道：「英譯海上花頭兩回登在下一期譯叢上，要八三年才出，我根本不知道有中大印刷所，宋淇也沒提起過，想必因為它只代出書，有些學術著作出版就算好的了。」今天中大出版社全寅讀了要笑，還可議論議論這番話是否也屬刻薄的張腔？夏先生愛才，但在箋註裏也不禁暗嘆一聲：「但（她）卻稱 The University Press of Hong Kong 為『中大印刷所』，多少帶些輕視的意味，她對美國著名學府的出版所會不會抱有同樣的偏見呢？」想是手民之誤，原文應是 The Chinese University Press 吧，然而張愛玲依然刻薄。

張小姐一生兩度翻譯過韓子雲的《海上花》，先是以國語翻吳語，後來索性英譯舊小說了，然而遲至二〇〇五年身後《The Sing-Song Girls of Shanghai》由哥倫比亞大學出版社出版，且賴《譯叢》編輯 Eva Hung（孔慧怡）小姐方始修成完璧，故譯者一欄雙姝芳名並列。翻譯是件吃力不討好的野蠻事情，譯得好便歸功於原文芳菲，譯得不好更可惜丟了原文的佳趣，彷彿是 a promised defeat，一如「感時憂國」。

夏先生嘆太多中國現代作家「感時憂國」，少了深沉的人生關懷。「感時憂國」其實是丁福祥潘銘燊二君的雅譯，原文是 Obsession with China，《小說史》附錄一章的文題，副題更是 The Moral Burden of the Modern Chinese Literature，中譯本將正副文題合成《現代中國文學感時憂國的精神》，藍調換了紅妝，一下子上接千年前杜工部滲着血的「感時花濺淚，恨別鳥驚心」。夏先生寫成《小說史》十多年後驀然回首，嘗謂：「我漸漸覺得詩賦詞曲古文，其最吸引人的地方還是辭藻優美，對人生問題倒並沒有作了多少深入的探索……只有杜甫一人深得吾心，他詩篇裏所表揚的不僅是忠君愛國的思想，也是真正儒家人道主義的精神。」斬釘截鐵，又多年後夏先生以英文再念一遍：「Chinese literature of the imperial period...is not fortified with a humanistic idealism and cultivates a selfish lyrical mode that ultimately appears tiring or cloying！」中國古典文學如此春花秋月，那現代文學現代小說如何？夏先生鏗然斷言，現代文學跟古典文學大有不同，因為中國現代作家滿懷 obsessive concern with China as a nation，換來的卻是 **a certain patriotic provinciality and naiveté of faith**！原來中國現代小說依然失諸天真膚淺，缺少對人世的深刻洞見，那麼 Obsession 不見得是沉鬱頓挫杜甫式的「感時憂國」——其實杜甫詩不也是 equally provincial and naive 嗎？——倒是陳國球約十年前倡譯的「情迷家國」吧。然而我猜夏先生英文講究，遣辭推敲，obsession 便是 obsession，既不是戚戚感憂，也不是意亂情迷，卻是執迷未悔，關心則亂，情溢乎辭的「念念不忘」。Obsession with China是obsessive patriotism，不必隱諱。夏先生是一流批評家，想必首肯F. R. Leavis在《The Great Tradition》開卷的一截尋常語：「The best way to promote profitable discussion is to be as clear as possible with oneself...」

夏先生的論斷最clear，不然不會早在一九六一年便說Eileen Chang is not only the best and most important writer in Chinese today…… 祖師奶奶最不感時憂國。

當夏先生以英文裁斷得無比clear之際，夏先生長兄濟安哥卻將之翻成略有猶豫的中文：「張愛玲許是今日中國最優秀最重要的作家。」夏濟安將「is」換作「許是」幾乎預示了祖師奶奶往後創作才情之不繼，故一九九五年夏先生在《超人才華，絕世淒涼》裏復有不無惋惜的firm concession，「到了今天，我們公認她為名列前三四名的現代中國小說家就夠了，不必堅持她為『最優秀最重要的作家』。」依然不忘文學批評的公道。我把玩此卷心上多年，感念之餘，偶亦覺得「史」之一字，其敘事本質未必在《小說史》中有其落實安頓處，當然這又涉及文學史的自覺與功能，夏先生的clear裁斷是：「文學史家的第一任務，永遠是卓越之發現與鑑賞。」遙遙呼應Rene Wellek的登高呼喚：「文學史家和批評家沒有甚麼不同。」

夏先生更詳瞻（也不無氣憤）的文學史觀見於他一九六三年跟捷克Prusek教授論

戰中寫成的 On the Scientific Study of Modern Chinese Literature，收入哥大十一年前出版的《C.T. Hsia on Chinese Literature》中，我才得窺靈豹，後來拜讀陳國球大文〈文學批評與文學科學〉，於此番論戰更見他一個 contextualized 的 vision，欣然之悅殊不下於初讀《小說史》之雀躍，從此我常將《One Chinese Literature》跟 Prusek 的《The Lyrical and the Epic》（李歐梵狐狸氏編的啊！）並置一處，歡喜寃家！新版《小說史》書尾小摺頁預告行將刊出《夏志清論中國文學》，盼望將來也有普實克的《近作中國文學論集》才好（二〇一〇年上海三聯已有中譯）。其實夏先生稍後另一部傳世之作《The Chinese Classical Novel》已不稱史，卻直白地叫 A Critical Introduction 的一家言了。

夏先生晚年翻譯元人雜劇，我聞之久矣，去年哥大終於出版了《The Columbia Anthology of Yuan Drama》，編輯領銜三人：夏先生、哈佛李惠儀和亦已作古的高克毅。裏邊夏先生只跟李高二位合譯了李直夫《虎頭牌》，算是餘墨一種吧。

一九六四年某天，高克毅在華盛頓驅車，載着陳世驤和夏先生兄弟，一氣跑到一棟公寓樓下迎接某女士赴酒會。誰可請得動當世一眾一流文評翻譯大家？還不又是張愛玲！那是對「感時憂國」狠狠的一服 antidote。

《信報 • 北狩錄》 二〇一五年二月十、十一及十六日

一晌多少年壽

據莊周所記，堯曾對人説：壽則多辱。知堂老人心意最老，八十歲那年索性高興託人刻了枚閒章，刻的正是「壽則多辱」！

若聖人道理不假，一分年壽一分辱，長一年或少一年便不無榮辱之別了，上週本版顧先生説及孔子七十二抑七十三便非一無相干。其實古人近人年壽幾何，老有些微出入，我常覺頭痕，例如知堂老人明明生於一八八五年，其一九五一年十二月二十八日日記上卻有如此一條：「不知今日為可祝耶，為可詛耶？……先君沒於三十七歲時，祖父卒年六十八歲，但也在誕日前半年，余今乃過之，幸乎？不幸乎？」那麼那年知堂自認六十八了，但一八八五至一九五一，不是最多六十七麼？況且一九三四年知堂曾以蛇麻險韻做過一雙打油七律《五十自壽詩》，怎麼十七年後，卻自添辱壽？可是到了一九六五年四月八日，知堂日記上卻云：「余今年一月已整八十，若以舊式計算，則八十有三矣……」若一九三四年已時年五十，一九六五年不是八十一麼？若一九五一年自認六十八，一九六五年則已八十有二啦！壽則糊塗？

按知堂生於一八八五年一月，所謂《五十自壽詩》二首分別寫於一九三四年一月十三日及十五日。一九三四減去一八八五，只得四十九，但舊時人並非「週歲始增年」，呱呱落地那年不是抽象的零，卻已是實在玄之又玄的「一」。因此若孔子生於襄公二十二年（前五五一），卒於哀公十六年（前四七九），且非「週歲始增年」，五五一減去四七九自是七十二，可卻非古人心上的年壽，務要加一始合舊算。因是之故，歷來孔子年壽之爭卻是七十三與七十四之辯，前者屬意襄公二十二年，後者則屬意襄公二十一年，此事錢穆先生在其槓鼎之作《先秦諸子繫年》卷一中〈孔子卒年考〉辯之最詳，要之，即太史公未有錯算，惟「週歲始增年」不合古人繩法而已，生卒年互減乃兩歲之差距，另加憂患起始之一歲，方得古人年壽。

雖然錢先生在《繫年．自序》上早說過：「孔子既死矣，一歲之壽，於孔子何與？於後世者亦何與？」可是孔子是聖人，一切不必拘泥，但當年我三十九，卻因錢玄同一句：「四十歲以上的人都應要槍斃！」而許久睡不牢呢。

《信報・北狩錄》二〇一五年四月二十七日

竟是雪芹惹的禍

徐詠璇小姐的花筆語及周老周汝昌的紅樓解密，我不敢想起Edward Snowden，卻會念念共和國創始以來的多番紅樓夢辯。周老是紅學家，更是曹學家。紅學家探研的尚是《紅樓夢》的虛虛幻幻，曹學家縈懷於心的卻是曹府的實牙實齒。紅樓研究百年來先後有索隱派、自傳派與乎階級鬥爭兒嬉派，幾乎側寫了現代國人學術與政治的千絲糾結。

早年有蔡元培《紅樓夢索隱》，揭出雪芹說部原來是暗暗滿載反滿思想的政治小說。復有胡適《紅樓夢考證》（改訂稿刊於一九二一年）跟舊紅學決裂，以乾嘉考證之姿深究文本暨作者種種，即「新紅學」云乎哉。竊以為，胡適之法並不新，尚是文本及周邊人物的傳記考證，只是從前如許法術只會施之於經史，不及尋常說部而已。稍後乾嘉考證更給譽為模糊其辭的科學方法，周老一九五三年問世的《紅樓夢新證》正以此啟其端緒，第一章第三節即題作〈科學考證的必要〉，其詞曰：「一部文學作品，本事的考證和作家的傳記，同樣被重視，因為都是幫助我們了解作品作家的重要資料。」可是，不旋踵，在同一章下一節裏卻說：「除掉客觀的史料之外，曹雪芹的小說本身是否也應該算作材料，以供參考與引證？回答是肯定的，當然該算。」這使我納悶得緊，如果《紅樓夢》是 the object of critical inquiry，怎麼其文本又會轉眼華麗化作 the source for such an inquiry？這些少年疑竇不像青春痘，歷來竟揮之不去！

少時買來的周老《新證》上下兩冊，乃一九七六年人民文學增訂版，體簡字疏，殊不悅目，一直望能採得一九五三年的棠棣初版，未遇。前數年上海三聯居然好心影印一過棠棣版，仿線裝一函三冊，那是堂皇亮麗的 canonization，比百家講堂之類，更具廟堂氣象。奇怪，棠棣版原來多了一章《新索隱》，裏邊是長短考釋數十條，卻在往後數十年間諸多新版《新證》中都給刪去（二〇一二年中華書局三冊本卻又復原），今始得欣然讀之，閱至「人參」一條，不禁莞爾。

周老《新證．新索隱》「人參」一條引的是第七十七回故事，話說賈母命鴛鴦取出一大包人參來，卻因陳年早已腐朽了，周老徐徐拈出康熙御摺的批示，上謂曹寅得病乃自人參中來，因此鴛鴦捧出來的人參，「其為曹寅時舊物又明矣。」這是非常可愛又勉強的考證兼附會，意在將小說虛事轉為曹家實故，連一包人參也不曾虛構。其實整整一甲子前，李希凡、藍翎已於一九五五年合寫過批判文章，直斥「新索隱則是牽強附會地企圖證明《紅樓夢》雖虛亦實之處……」周老做的果然是曹學功夫，呵呵。

看到此處，忽然眼熟，似曾相識，翻弄了半點鐘終在史景遷《曹寅與康熙》末章中尋着曹家的沒落，也尋着曹寅如何於康熙四十八年因誤服人參而致風寒，皇上於奏摺上趕緊朱批：「萬不可用補藥！」史景遷書已是名實相副的曹學，蓋屬史學部門，重構一對 Bondservant 與 Master 的暖暖關係，而周老為《紅樓夢》裏賈府的一切故事汲汲尋箇曹寅府上的着落處，也算是 defictionalize 的一番志業吧。

史景遷當年譽周老為「研究《紅樓夢》最傑出的學者」，着眼的應是他史學上要的功夫。然而，將《紅樓夢》看成有待還原的秘史，我看委實有點 question begging，事關閣下得先證明這部擺在眼前的 fictional work 不是 fictional，這過程已是 defictionalization，然後又來重複一遍，將賈府翻成曹府，那恐怕是一大圈的 hermeneutic circle 了。例如大觀園的所在地，周老說是「芳園築向帝城西」，穩穩在北京城裏，精確至於北師大女生院，原因不過是曹雪芹長於北京，大觀園既是曹府，自然而然位廁京城。吳世昌在《紅樓夢探源》裏正好揭出問題所在：「（周老）這種確認可能是正確的，如果小說真的是曹霑北京生活的寫實。」吳先生大著先以英文寫成，一九六一年由牛津 Clarendon 初版，此處關鍵語是「provided that the novel is an authentic record」，說得頭角崢嶸。紅學曹學俱好玩，尤是看諸子百家捲袖上場，針鋒相對，不相禮讓，我最怕是看到一片氾濫諛詞，由「國學大師」乃至「當代紅學研究第一人」云云，恭維的與給恭維的，我也各替他們難為情吧。

其實為長者諱也是不敬吧，近年批評周老《新證》最勤最力者當數楊啟樵。楊氏長於清史，精研雍正密奏摺，年前刊過一冊小小書，書題《周汝昌紅樓夢考證失誤》，我是八卦人，一嗅嗅出硝煙味，自然馬上讀之而後快！楊著口吻雖略不敬，然批評周老亦簡明亦扼要，不蔓不枝，同道不同道的於其論證也可一目了然，頗添讀趣，去年更有增訂新版，添上一章〈周汝昌蓋棺論未定〉，調子不無 provocative：「不必諱忌，當從周著缺點說起，我認為『粗疏』兩字可以概括。」果然有火，只是周老已長眠地下，恕未能以火還火。

楊著所斥的「粗疏」指的還只是周老的考證與附會，尤是清史材料之把握拿捏，一切自有其客觀準則，倒是晚近多有名宿一讀《紅樓夢》便扯及悠悠千年中國文化，早已遠離了索隱自傳的考證，周老自不例外。某年老先生在北大高興講《紅樓》，便有如斯高論：「中華文化的特徵有兩大條主脈：一條是『仁義』二字……另一條是才情靈秀之氣……懂了這兩端，再看《紅樓夢》，體現的也主要是這兩大方面，即：人際交往、社會倫理、道德仁義與才情靈秀之氣所締造的精神事業。」好一段咳金唾玉的話，裏邊多有難以名狀定義的冥想玄思，台下的人只有聽的份兒，有緣的當可神思冥契，缺乏靈秀之氣如我者惟有隔岸賞味吃花生。「紅學與國學」乜乜、「紅樓與中國文化」物物，似酒後清談多於講堂學問，徒見 too submissive to「中華文化」，又或 too submissive to Mr. Zhou the senior。

一九七四年是個 vintage year，那年頭一下子冒出三篇現代紅學大好文章，即余英時先生〈近代紅學的發展與紅學革命〉、陳炳良先生〈近年的紅學述評〉及孫述宇老師的〈《紅樓夢》的傳統藝術感性〉，遍地花開。孫老師的文章題目彷佛大塊文化，實則不然，老老實實倒過來為我們點出「《紅樓夢》是藉着舊日寫畫、寫詩文、戲曲的各種辦法撰寫成的，能夠欣賞這幾種藝術的人會更欣賞這本小說」。

《紅樓夢》不代表中華文化，卻代表那一片孤戀花，一懸舊日紅，當是索隱自傳以外的文學敏感派的一樓春夢了。

《信報 • 北狩錄》二〇一五年六月一至三日

民國才女多姓張

且看才女怎樣令俗濁男人好過：「柳原道：『有人善於說話，有的人善於笑，有的人善於管家，你是善於低頭。』流蘇道：『我甚麼都不會，我是頂無用的人。』」

呵呵，祖師奶奶真身有否說過如此逗人高興的話？胡蘭成說，有！自云：「兩人坐在房裏說話，她會只顧孜孜地看我，不勝之喜，說道：『你怎這樣聰明，上海話是敲敲頭頂，腳底板亦會響。』」

從《紅樓夢》裏尋出大觀園所在，那是紅學變曹學，可是從考究兀自燃燒的句子到悠悠身世的索隱，圍着祖師奶奶婀娜倩影翩翩而轉的一概都叫「張學」。

「張學」不是「張看」，卻是張迷「看張」了。將「張學」首先擴建成「張愛玲學」的應是高全之吧？我手上翻着的是最新二〇一一年增訂二版的《張愛玲學》，總嘀咕嘀咕書名跟從前初版不一樣了。果然！初版題作《張愛玲學：批評、考證、鈎沉》，彷彿有心為此門學問張其目，定其位。我在高氏新序上打探不了為何書題少了從前的六字真言定位，倒是新序文題樂觀玄奧，叫「張學自具生命」呢！

我不是張迷，最多迷的是張學，眼前張書之數委實寥寥，少得只剩下山河版《傳奇》增訂本、《紅樓夢魘》和人家給張小姐編的張氏散文《流言私語》（我其實挺喜歡這複合佳名），算是三種常把玩的張腔原著，其餘張小姐新舊作品，中的英的，早已移至另一暗室中，相見時難。倒是一眾張學作品，批評的、考證的、鈎沉的、身世的、時代的、世故的、蒼涼的、色戒的、戒色的俱在目前。由慧眼傅雷《論張愛玲的小說》始，復有夏氏昆仲賞論愛玲的老吏斷獄，中間經歷交關沉寂，卻迎來水晶《張愛玲的小說藝術》及陳炳良教授《張愛玲短篇小說論集》一雙亮麗璧人，往後是共和國解禁，祖師奶奶給前推後擁甩上神壇，柯靈一篇〈遙寄張愛玲〉將愛玲從四十年前陳舊而模糊的月光中掀回當世，從此成了說不盡的張愛玲。去年劉公紹銘的小書叫《冰心在玉壺》，裏邊卻沒有《寄小讀者》的冰心，最新書叫《愛玲說》，說的倒真是張愛玲了。

劉公在《冰心在玉壺裏》沒有寫冰心，我倒想起千禧年頭電影《半支煙》裏邊社團大姐君如接收了一爿欠債冇還錢的書店，在案頭上翻了一遍倉底餘書《寄小讀者》，看得心花怒放，忙抓着小嘍囉霆鋒：「喂，叫冰心呢條妹出嚟開個簽名會好喎，最好水着，有得搞！」霆鋒期期艾艾：「佢……死咗囉喎。」君如大驚：「乜咁短命呀佢？」霆鋒更驚：「佢走嗰陣差唔多九十九㗎！」

來到《愛玲說》，劉公起首也來個同科笑話，話說千禧年大學開個張愛玲國際研討會，有貴客怏怏問句：「點解唔請埋張愛玲？」

張愛玲又真的始終沒有來！

近年祖師奶奶不願人見的作品不斷出土，其corpus不斷壯大，卻也漸次不忍卒讀，《小團圓》和《少帥》不能壓卷吧，最頭痕的是那兩部英文小說，給譯作《易經》呀、《雷峰塔》呀，原文英文已絲毫不見張腔的刻薄和驚豔，nothing left to be兀自燃燒，翻作娘家漢語更屬不知有張，無論愛玲！劉公不忍不忍還是在《愛玲五恨》中舉了一例，《易經》第一回結尾處：「Break the pot to get to the bottom!」哪門子的英語！

劉公說愛玲已算別出機杼，其niche是仔細爬梳張小姐的自譯輪迴，不是紅學，不是曹學，卻是霍克思學！我看得入迷。然而，眼下張學已頗biographical，試看最新刊行的未完稿《少帥》，裏邊馮晞乾非常meticulous的考證與評析，其實考證早多於評析，我心目中的評析是細細的文本細讀，如水晶和陳炳良兩位的美好示範。鄭樹森為高全之《張愛玲學讀篇》作序，高屋建瓴，勸人參考王國維《玉溪生詩年譜會箋序》所云：「顧意逆在我，志在古人，果何修而能使我之所意不失古人之志乎？」那是「貫穿外緣與內緣」的藍血文學批評，還紅學以紅學，毋庸枉費精神於曹家種切。

張小姐為《傳奇》增訂本炎櫻所作封面解畫：「可是欄杆外，很突兀地，有個比例不對的人形，像鬼魂出現似的，那是現代人，非常好奇地孜孜往裏窺視。」說的是否今世張學的 practitioners？

劉公《愛玲說》說的不是愛玲盛世。柯靈雖然不及拜讀張小姐近年的出土新作，但他的裁斷依然清脆：「張愛玲的文學生涯，輝煌鼎盛的時期只有兩年（一九四三至四五年），是命中注定，千載一時。」《愛玲說》說中的倒是張學盛世——今天很難才聽得有心人略疑祖師奶奶的文學地位，劉公在書上好心轉引一段黃碧雲的不敬語：「張愛玲的小說是俗世的、下沉的、小眉小貌的……張愛玲好勢利，人文素質，好差。」張小姐的人文素質是好是差，我從不關心，但她的佳作卻真的小眉小貌小眼睛。其實黃碧雲此處已手下留情，於「張學」或「師承愛玲學」便哇喇喇地直斥其非，在〈愈低級愈有趣〉裏伊人寫道：「一種低級趣味，叫做『類愛玲學』……張愛玲不知怎的，從一個相當優秀的作者變成了中文寫作的聖母瑪莉亞，無處不在，無時無刻不在祝福你，感動你，呼召你。」黃碧雲還多補一筆：「凡氾濫必庸俗，庸俗倘不知收斂，變成低級趣味。」明白得我們無法不明白。

我衷心折服黃碧雲揚眉女子的斷案，但心上總有揮不去的低級趣味，原因無非是無聊、八卦、尋樂子，更常見的是因窮極無聊而非常八卦，因八卦有所獲而尋着細細的喜悦。例如篇首引的是柯老《遙寄張愛玲》，看張的人無人不識，是共和國八十年代草木回春後首篇翻出張小姐來的文章，幾成經典，初刊於一九八五年二月《香港文學》，我城與有榮焉。一回看陳子善《研讀張愛玲長短錄》，方知此文有三個版本，我城的、共和國《讀書》和美麗島上《聯合文學》的，拼而觀之，又可見當日三地兩岸政治上小眉小貌的計算，雖小道，卻真有可觀焉，自屬劉公所謂「每有意會時，就感覺到一種『細細的喜悦』」。

當然劉公的喜悦時又毫不細細，〈民國女子〉如此開篇：「也許因為我跟張愛玲有一面之緣（此生因此沒有白活）……」哎呀，我前陣子跟 Janice Man 也有一面之雅，但我還未想枉死呢！如此癡心的張學已不只是 industry，卻是 cult 之一派了。一如張愛玲之與胡蘭成，之與賴雅，已非文學批評之屬，外人盡不必去說。

上月飄然仙逝的充和女士，也是民國女子，也姓張，寫的不是小說，卻是陸機《文賦》。

不必食人間煙火的張充和跟煙火人間的張愛玲俱是民國才女，此外二女再無相近處了。張充和的民國丰姿一下子綽約了一百零二年，高壽高華。伊人從來紅遍文人雅集間，少時上北大便踩着單車戴着小紅帽；抗戰中幽居昆明時不知是否也穿紅裙子，但裙下之臣從來不缺吧，此中自有卞之琳，可是伊人嫌「戴着高度的近視眼鏡」的詩人「不夠深沉」，不睬他了；待得抗戰勝利後，共和立國前即隨新婚夫婿去國遠適陌生地，從此在柏克萊耶魯二地往來無白丁，幾十年來，紅了書法，紅了崑曲。晚近更緣圈中名士相交品題，充和之名更一逕走入尋常百姓家，既是情迷，也是迷情，我們也乖乖地排隊爭作另一種張迷。

張充和為人題字、為書題簽甚勤甚力，點染棗林，墨香字香。我起初入手的是湖南岳麓書社印的一套小小《沈從文別集》二十種，本本書題俱出自充和楷書，襯以黃永玉的水墨湘行風光，那是九十年代初，我還在學，竟不識泰山，不識得張充和的書香身世，只覺得題字怡神好看，怎樣好看也說不出所以然來，後來讀到白謙慎的一段解說，不無見地：「她又多以六朝墓志為基幹，結字方正，筆畫圓勁厚實，轉折見稜見角，以取端莊；同時橫和捺帶有隸意，取古雅之意。」這番六朝古意自跟伊人二十六歲那年所書《淮海詞》和《白石詞》手卷風致有異，這兩件手澤俱收在二千年代初那薄薄一冊《張充和小楷》裏，距我初見充和題簽忽爾十年。

又差不多十年過後，白謙慎編了一卷《張充和詩書畫選》，裏邊收有一件《臨虞世南〈破邪論〉序》，寫於一九四七年，時充和人在蘇州，雖云臨書，但跟虞世南原作比堪，即見精神法度不盡相同，白氏評點云：「虞世南楷書圓潤，張充和臨本清瘦，轉折處的頓挫已有古代墓志的意思。」白氏更提點看官，謂五十年代後，充和小楷中的六朝墓志筆意更密更濃了，我自然好想多看，惜《詩書畫選》中卻不見有五六十年代的小楷。我倒記得五十年代初張充和曾為陳世驤《文賦英譯》恭錄了一遍陸機原文，用的還是方于魯的墨，綰結處題識云：「右陸士衡文賦一首錄為石湘學長兄一九五二年五月二十五日充和試方于魯一五八二年所製九子龍墨於柏克萊。」依然六朝筆意，寫經遺韻。

金安平《合肥四姊妹》記的便是張家一門千金，寫及充和去國，有如此一筆：「一九四九年一月，充和在上海登上戈頓將軍號客輪前往美國，隨身攜帶的只有幾件換洗衣物，一方朋友贈送的古硯和幾枝她最喜歡的毛筆，一盒歷史悠久的古墨——大約有五百年歷史了。」這笏古墨是否即「方于魯一五八二年所製九子龍墨」？

方于魯是明萬曆年間徽州歙縣大有名氣的造墨人，與程君房齊名，輯有《方氏墨譜》行世，錄有墨品共三百八十五式，惜寒齋荒疏，手邊竟無是卷，查不着「九子龍墨」。一五八二年是明萬曆九年，距充和研墨繕寫《文賦》的一九五二年差不多四百歲，此墨該已歷盡人間諸般春色秋意，研磨開來的墨色最是凝重。書上說龍生九子，各有稜角，而陳世驤號「石湘」，字「子龍」，總要叫人想起明清鼎革易代之際遺民詩人陳子龍，是亦偶緣耶？陳世驤於易代之前早已去國，一九五二年時正在柏克萊任教，跟張充和夫婿傅漢思同席共事，故有往還，但陳世驤沒有透露緣何發願邀得充和寫字，只在書成後禮讚「She has imitated the medieval style with admirable likeness...Each word a thousand gold」！陳世驤英譯《文賦》是文學批評史上的大事，譯文初刊於一九四八年《國立北京大學五十週年紀念論文集》，題曰 Literature as Light Against Darkness，後來陳先生怕流傳不廣，於一九五三年私刊單行本，譯文前綴以充和手澤，使我大感興趣的是英譯文題，試問文章一道如何抗衡黯黯濁世？陳先生堅稱陸機是儒門弟子，雖經歷晉室濺血，同室操戈，賢愚俱要枉死的傷敗時節，依然能檢點平生，收拾文心，遂有「課虛無以責有，叩寂寞而求音」。陳先生下一轉語云：「There comes self-redemption, which is beyond the apparent temporal existence, yet nevertheless in this world.」

手捧充和的六朝煙水字，也可作如是觀。

《信報．北狩錄》二〇一五年六月二十九、三十日，七月六至八日

文選有學

年初為了「救救孩子」，北島單挑編了一小冊《給孩子的詩》，小欄遂寫了開年小文〈一年之計在於詩〉湊湊興。夏天來啦，沒有桃花紅李花白，只有惱人的熱和欺人的雨，苦悶江湖，何曾有詩？北島便拉了李陀來編了本《給孩子的散文》，是樂觀稚趣還是天太炎而飲冰？是 Essays 還是 Proses 呀？

北島李陀的〈代序〉上說得輕鬆：「從小識字，寫下自己的名，寫下父母的名字，寫下草木江河和天空——這就是散文的開始。」彷彿家課冊上待填的個人資料也是文之起始——哪兒有名字，哪兒便有散文，凡有井水處，便能寫柳詞？太普羅了吧？是否少了欠了那一點點 excellence？

我手邊常翻常弄的兩部 anthologies 俱出於 John Gross 的眉間心上，一是 Essay，一是 Prose。在《The New Oxford Book of English Prose》前言裏 Gross 寫道：「Prose is the ordinary form of spoken or written language: it fulfills innumerable functions, and it can attain many different kinds of excellence!」我們合十冀盼是款款 excellence，那才是

各類文體之所由興，即如昭明太子《文選序》上縷述各種非韻文，有云：「箴興於補闕，戒出於弼匡，論則析理精微，銘則序事清潤。美終則誄發，圖像則讚興……」洋洋灑灑，搖頭晃腦，念來誦來層層遞遞，若有光若有神，太子殿下此處說了算的既是文章的functionality，也是 genre theory 的朦朧試筆！不辭勞苦的《文選》英譯人康達維 David Knechtges 笑殿下所言 are of only limited relevance as definitions of the genres！可依無礙他的花解語：「Xiao Tong's emphasis in most of the preface, however, is...rather on Wen in the narrower sense of belles-lettres.」Belles-lettres 是美文，是文苑之花花，現代漢語的「散文」最愛在 belles-lettres 的方圓規矩裏又跳又笑。

《給孩子的散文》首選的是魯迅《好的故事》，雖採自先生題名《野草》的集子，卻煞是苑中靦覥的 belles。《好的故事》開篇說：「這故事很美麗、幽雅、有趣，許多是美的人和美的事，錯綜起來像一天雲錦……」我眼前大亮，如皚雪般奪目耀眼，乍看兒童適宜，其實卻在預告 ghostly 的彩虹幻滅：「我正要凝視他們時，驟然一驚，雲錦也已皺蹙，淩亂……」

《野草》是一座幽靈夢遊的花園，鏡像中每見骷髏。《給孩子的散文》我初拿上手的是國內簡體本，來到我城正體版，不知何故，起首換成了魯迅《野草》中的〈雪〉。

李歐梵當年在深情慧眼的《Voices from the Iron House》裏獨拈出此篇，評曰：「集子中寫得最好的抒情篇章或許是〈雪〉，這裏抒情場景圍繞着南方和北方的兩種雪……」各人心上花樣不同，都好，尤是〈雪〉那突如其來的結尾：「那是孤獨的雪，是死掉的雨，是雨的精魂。」先生手裏任何一個標點符號都比只管頭戴 funny hat 的顧城強，顧氏入選的那篇〈學詩筆記〉一味矯揉，一味破碎，我趕緊為孩子皺眉！還幸尚有季羨林、余秋雨、周國平、劉再復等一派曰文曰史曰哲的 sentimental school 沒給選上，孩子和孩子父母都應涕零感激。

書上由十九世紀八十後的魯迅直選到上世紀七十後的毛尖李娟，中間屹屹窮耕於共和國建政初年的散文紅人如秦牧、楊朔、劉白羽一類，對黨一片心癡，哎喲哎喲，自應於書中缺席，不然孩子看了〈朝鮮在戰火中前進〉、〈荔枝蜜〉和〈長江三日〉的樣辦，必會像北島小時，趁京城的雨一停，邊在陰溝上趟水，邊在叫：「下雨啦，冒泡啦，王八戴上草帽啦……」

共和國的五六十年代差不多在書上全然 visibly invisible，北島李陀只高眉挑了傅雷一九五五年三月二十七日晚給傅聰的信，信上叫聰兒彈過蕭邦後可轉攻莫扎特，蓋二人精神血緣上相近，還附筆説起黃賓虹伯伯剛以九十二高齡辭世。一九五一年九月二十三日傅雷馳書黃賓虹，云：「晚蟄居不出，仍借譯書餬口，生性頑劣，未能與世沉浮。」一切更像是給孩子的忠告。

書上莫見的還有周作人，知堂居然忽爾幻作聶隱娘——「白日殺其人於都市，人莫能見。」北島李陀使知堂「人莫能見」，自是別出機杼，不容我猜透。周作人之於現代散文，猶魯迅之於現代小說，既是 trailblazer，也是 exemplar，不容有失。

選本總集是 canonization 的有心那話兒，直是影展紅地氈上鎂光燈下的誰在誰不在，by invitation only！上世紀三十年代，現代文學尚未成年，文壇已有一階段總結之作《中國新文學大系》十卷，其中《散文一集》編者自是周作人，其《導言》不吝引用自家從前的話，如一九二八年為俞平伯《雜拌兒》所作跋語：「中國新散文的源流我看是公安派的與英國的小品文兩書所合成……」現代散文出於晚明之說，知堂早在年前《中國新文學的源流》第二講中說透了；源於英國小品之說，我卻老想不起他在哪兒發揮過。現代散文選集，我必推許詩人楊牧三十多年前編的那兩卷，洪範書店一九八一年初版，可是其前言中卻甚薄英國文苑中的散文，以其參差脆弱故，只稱善 Francis Bacon 和 Charles Lamb，我便甚怪其偏頗偏狹，遠不及知堂通達玲瓏。當年美麗島上竟有文禁，楊牧自然沒有選上魯迅，也沒有挑上一九四九年後共和國文人的篇什，那是國家不幸也是詩家不幸。然而，《給孩子的散文》裏也沒有一九四九年後共和國對岸的作品，因此孩子不會讀到余光中、吳魯芹、王文興和晚年更飽滿豐盈的梁實秋，是趣味分歧還是版權糾纏裂成的楚河漢界？最怕是將政權的武斷邊界挪作文學國度的 in and out，我們的和他們的！是否我城已給收回，所以西西和饒公才入圍入選？花落一階，孩子知多少？

北島多年前有一首《無題》，起篇幾句最宜移作文選序：

在父親平坦的想像中
孩子們固執的叫喊
終於撞上了高山

《信報 • 北狩錄》二〇一五年七月二十七至二十九日

書緣暗戰

是守國，是護國，是戰勝，是重光，俱光榮，俱正大，俱義正詞嚴，若官方論述只是一味「抗日戰爭勝利」，恕不夠深察明號，not grand enough，not great enough，未能體恤血淚，未若「驅除日寇，恢復中華」。

七十週年熱鬧慶典，勢將蓋地鋪天，可好像欠了那一角深情，那一角悲壯。七十年前的八月十日（不是九月三日啊）日本接受《波茨坦公告》投降，翌日陳寅恪先生方才聞訊，成《乙酉八月十一日晨起聞日本乞降喜賦》：

降書夕到醒方知，何幸今生見此時。
聞訊杜陵歡至泣，還家賀監病彌衰。
國讎已雪南遷恥，家祭難忘北定時。
念往憂來無限感，喜心題句又成悲。

憂從喜處細細轉出來，哀生憫死，那瓣心香更宜招魂，更宜哀郢吧，容我掃興。

既然掃了興便來看看書，我剛從北京琉璃廠的豔陽中溜出來，抱着新刊景印的長澤規矩也《靜盦漢籍解題長編》兩大卷，此書甚罕見，甚難得，從前僅有一九七〇年日本汲古書院版，中土不易尋覓，今幸有上海遠東出版社徵得長澤先生後人和汲古書院首肯，適時於恢復中華七十週年問世，說的竟是護國戰爭中另一條戰線了。

護國必先守護一國之文化，故「七七」事變後文林名宿如鄭振鐸、何炳松、葉恭綽、徐森玉等即成立「文獻保存同志會」，籌款各方，廣蒐珍善本，望妥為保存，以防火毀賊劫，年來竟於亂世中聚得佳本三千二百八十六部，計三萬四千九百七十冊，誠書林嘉話。

鄭振鐸曾在《劫中得書記．序》上幽幽道來：「精刊善本日以北，輾轉流海外，誠今古圖書一大厄也。每一念及，寸心如焚。禍等秦火，慘過淪散。安得好事且有力者出而挽救劫運於萬一乎？昔黃黎洲保護藏書於兵火之中，道雖窮而書則富。」那是亡國亡天下之際的大事業，故敢以黃宗羲自況，少年時國文老師教我讀此得書記，已覺動容，只是那時未悉以下數語的玄機：「每念此間（上海）非藏書福地。故前後所得，皆寄庋某地某君所。」某地某君者誰？

多年後我讀到陳君葆五十年代憶念鄭振鐸的短文，云：「那時候，有一個人，在一段相當長的期間內，不斷地把許多中國書用包裹一包一包，從上海寄到香港大學馮平山圖書館來轉給許地山先生，包裹外面寄件人僅寫個『鄭』字。」

原來那年月的薄扶林大學竟是風雨飄搖裏文脈暗戰中的一盞孤燈，無聲接收憑萬卷圖書綴成的人文血脈。許地山先生那時是中文系主任，陳君葆先生則為馮平山圖書館館長，館中尚算亂世中的瑯環福地。試看一九三八年二月三日陳君葆的一條日記：「陳寅恪藏有光緒年間『福建台灣巡撫關防』銀印一方及唐景崧回上海後手上李高陽書一通，均富有文獻價值，因怕人家覬覦或別生枝節遂擬寄存圖書館內。」

然而瑯環福地亦不能久恃，一九四一年十二月我城淪陷，自亦殃及一館圖書。一九四五年中華光復後，鄭振鐸在《求書日錄》中不再隱諱，長嘆息曰：「可列入國寶之林的最珍貴古書八十多種，託徐森玉先生帶到香港……其餘的明刊本，抄校本等，凡三千二百餘部，為我們二年來心力所瘁者，也都已陸續的從郵局寄到香港大學，由亡友許地山先生負責收下，再行裝箱設法運到美國，暫作庋藏……不料剛剛裝好箱，而珍珠港的炮聲響了，這一大批重要的文獻、圖書，便被淪陷於香港了。至今……存亡未卜，所在不明。」一九四二年初許地山已然忽爾仙逝，只剩下陳君葆一人無奈看着日軍妄移了這一門中華血脈，更不能知悉書落何方。

長澤規矩也於昭和四十五年（即一九七〇年）寫有《靜盦漢籍解題長編．跋》，但云：「大約二十五年前，中華民國南京中央圖書館要將一批古籍送往美國，日本帝國圖書館奉舊軍部之命保管這批古籍，本書即為這批古籍的解題。」噫！馮平山圖書館暫且庋藏的萬卷國寶圖書通通鈐有「國立中央圖書館」印，誠國采華章。千里來龍，於此結穴。

其實這批古籍何只鈐有「國立中央圖書館」印，更分裝成一百一十一箱，每箱箱面上均寫有「寄華盛頓中國駐美大使胡適博士，中英文化協會香港分會秘書陳君葆寄」，正是薄扶林大學庋藏書！長澤規矩也那篇跋文說得平淡，沒齒及不堪聞問的圖書來歷，那是一潭難堪的黑水。

然而長澤氏素來雅好中華佳籍，尤精版本之學，最愛逛廠甸，曾白描過《民國書林一瞥》，為這批珍籍登錄題要自非強人所難。《靜盦漢籍解題長編．序》上長澤氏惟嘆息日月如梭，有志未竟：「我開始撰寫此漢籍解題，已歷三十星霜，如今依然未能完成全書……此書收錄的漢籍為某處的藏書，故只為稀見之書撰寫內容解說。」說的還是愛書人語，惜花者憐。

這批珍籍於上海艱難聚結，後自薄扶林大學劫走，浮海飄日，算是背井離鄉，護國守國戰爭中給毀了文脈，輸了一將！一九四五年八月十日戰爭慘勝，中華恢復，可這一百一十一箱珍籍卻仍下落不明，那時長澤氏應還在帝國圖書館中細寫《解題》吧。我挺喜歡《解題》的分類，起首是「貴重書」！然後才是經史二部，而「貴重書」又含經史子集，此中自有宋元佳槧，更有釋家語錄和明鈔本《永樂大典》二冊，我光看解題，雖然未睹真身，仍能一任想像其貴重風華風致。一九四六年六月十六日陳君葆日記上引了英國友人博薩爾的信，謂頃在東京上野公園帝國圖書館中發現了一百一十一箱圖書！那是國人書緣僥倖不滅，貴重書自在其中，陳君葆和薄扶林大學該可安然一笑，輕輕whisper 一聲：我城曾是七十年前大戰中的護書堡！

《信報・北狩錄》　二〇一五年八月十七至十九日

紙本情深

這些年常有警報警號，謂紙媒將死甚或已死，我輩老派人遂惴惴難安，眼見連《壹仔》也縮皮縮水，Book A Book B 不再，彷彿兩制已死，惟餘一國。我每週最愛讀從前 Book B 的人物專訪《豪語錄》，恆有自家角度，文字清濁激揚，人物照像常見畫外綸音，操筆雙雄叫余家強、方俊傑，謝啦。尚幸今回縮水縮皮後還剩一襟豪語，只是由六版縮成四頁，但有言在先：「圖片可以縮細，字數不能減少！」算是珍惜這個文字還能感人的小時代。劫後餘生的第一回《豪語錄》寫的是葉蘊儀小姐，文題是〈哀悼乳房〉，亮出的是當下我城胸襲傳奇，還有由此而生的一人一胸照網絡熱忱，當然也屬紙上的一腔文藝，遙寄西西二十多年前寵辱不驚的自傳小說——西西的小說自是台灣洪範書店長年漂亮的紙墨本，該不會有掃興的 E-book 吧。

那年西西入院動手術，帶在身邊的是一本本的紙墨書：「我把《包法利夫人》一本一本攤在床上，自己坐在靠背摺椅上。我所以帶四本福樓拜的同一小說，因為寬闊的床上允許我展放書本。」放得下紙墨書的世界應當是寬闊亮敞的開揚世界，床裏床外。

甚麼是紙？從前從沒想過世上竟有紙的定義，當年看錢存訓寫的《書於竹帛》頓覺神奇：「根據美國紙業會出版之《紙張字典》……紙已不限於植物纖維，而是指一般纖維通過排水作用而黏成的一種薄頁。」那還是錢書一九七五年的初版中譯，來到二〇〇四年芝大出版社《Written on Bamboo and Silk》第二版上，錢先生採的尚是The Dictionary of Paper 的定義，只添了一段括號中的舉隅：「All kinds of matted or felted sheet of fibre (usually vegetable but sometimes mineral, animal or synthetic).」那當然較諸《說文》的解字好懂：「紙，絮一苫也。」儘管舍下所藏的一套《說文解字》乃嘉慶丁卯年開雕，紙墨俱古樸的藤花榭仿北宋小字本。

錢先生是中國古代書史權威，早年寫有一篇〈Uses of Paper and Paper Products〉，笑謂：「Generally speaking, paper was most likely used for wrapping object from the moment of its innovation in the Western Han...」噢！西漢古人居然不懂敬惜字紙？

一回，魯迅夫人許廣平在上海菜市場買菜，驚見市販隨手撕下一張書頁來包裹油條，那本更是魯迅寫的書，非常不敬字紙！蠻弔詭的是先生《朝花夕拾・瑣記》上有一小段憶往心事：「廟旁是一座焚化字紙的磚爐，爐上方橫寫着四個大字道：『敬惜字紙』。」

先生自然敬字惜紙，更講究買得天樣紙寫字寫意，故愛跟西諦訪箋印箋，其《北平箋譜・序》上數典及宗，云：「鏤象於木，印之素紙，以行遠而及眾，蓋實始於中國。法人伯希和氏從敦煌千佛洞所得佛像印本……」這篇序文當年有署名「天行山鬼」者以敦煌藏經洞唐人寫經體恭書於箋譜卷首，字字虔敬，瓣瓣心香。

心香虔敬惜字紙，嚴酷如雍正帝亦不敢稍違，雍正十三年七月初八日更有上諭云：「凡字紙俱要敬惜。無知小人竟擲在污穢之處！爾等嚴傳：再有拋棄字紙者，經朕看見，定行責處。」嘩！殺頭都有份！蓋古人深信文字滿有怪力神力，《淮南子・本經訓》曰：「昔者，倉頡作書而天雨粟，鬼夜哭。」漢代高誘細細註，謂有文字則詐偽萌生，各人遂不務耕作正業，天知其將餓，故雨粟；鬼則害怕人間書文彈劾，無所遁形，故夜哭。那彷彿是因知識流轉而起的一片恐惶悸怖，「敬惜字紙」油然而生。

字紙的神怪力故事，最為我所愛者，自推唐人段成式《酉陽雜俎》的一條：「據《仙經》曰：蠹魚三食『神仙』字，則化為此物，名曰『脈望』。」那是緣於紙上曉飛仙的empowerment，只會付予滿有書緣的書生和書蟲。然而，在 E-book 橫行的世界，蠹魚也得餓肚子餓死啦，牛津 Bodleian Library 也不好再叫「飽蠹樓」了。「飽蠹樓」是錢鍾書在牛津 Exeter College 念書時為 Bodleian 起的諢名，音義俱佳俱高興。周前北京炎炎，我卻在清涼涵芬樓商務印書館抱來三大冊錢先生《飽蠹樓讀書記》景印本，原封面上有此 awesome 題記：「廿五年二月起，與絳約間日赴大學圖書館讀書，各攜筆札，露鈔雪纂，聊補三篋之無：鐵畫銀鉤，虛說千毫之禿，是為引。」那光景份屬神仙眷侶「我們倆」（翌年錢先生伉儷才在牛津誕下錢瑗，湊成「我們仨」）！妙化蠹魚的脈望傳奇倒妝版，今世難再吧。今天少男少女如果還上圖書館的話，帶的怕是 iPad、Macbook，一運勁兒便 scan, cut and paste，自動 saved！哪會再見「各攜筆札，露鈔雪纂」的隔世舊日紅？

我不是錢迷，最多相信錢先生的煌煌筆記手稿是《管錐篇》、《談藝錄》和《舊文四篇》尚未成形前的筋骨血肉，無一字無來處的活水源頭，是莽莽群山，卻未必是一座又一座的聖林。《飽蠹樓讀書記》當然也有摘鈔 T. S. Eliot 二十年代的批評論集《Sacred Wood》，錢先生看的是一九二八年印的本子，《讀書記》上銀鉤鐵畫：「The feeling or emotion or vision resulting from the poem is something different from the feeling or emotion or vision [of] the mind of the poet.」，我在一九二〇年初版《聖林》上看不到這句話，想是錢先生的詩見，事關《談藝錄》中有此一條：「王濟有言：『文生於情。』

然而情非文也。」

或曰：書生於紙墨，然而紙墨非書也。那理所當然，可是紙墨書已是 a way of life, my life。

《信報・北狩錄》二〇一五年八月二十四日

一匡五代恨澆漓

一、

有怒火議員在議事堂中禮問某人：「我哋選民叫我問你幾時死？」某人即時笑騎騎，放毒蛇，回敬曰：「『牢騷太盛防腸斷』，祝你健康長壽。」言下喜不自勝，欣慶自己居然有能有幸掉一回書袋，直追黨國領導君臨天下的垂範，所掉的更是黨國太祖高皇帝毛氏的御詩，非同小可啦啦啦。

怒火議員聞言後只向主席委屈投訴：「佢冇答我問題！」未有順勢而下，回他一句「風物長宜放眼量」：等我放長雙眼睇你點死！否則芳鄰徐詠璇小姐必然眉更花，眼更笑了。

我偏見，總疑心黨國特府高高層腹笸太厚，公務太繁，雖然百忙中引詩唱詩，卻未洞曉詩之初旨初衷，冷不防東邊日出西邊雨，係人係鬼兩面睇。某人所引御詩題作《和柳亞子先生》，寫於一九四九年四月二十九日登極立國前夕，正是呼風喚雨之可期，不妨代某人全引：

飲茶粵海未能忘，索句渝州葉正黃。
三十一年還舊國，落花時節讀華章。
牢騷太盛防腸斷，風物長宜放眼量。
莫道昆明池水淺，觀魚勝過富春江。

句句有所為而發，勸的是自己人柳亞子不必顧慮，一切放心，因我毛氏天下在手，萬壽無疆。試讀柳亞子一九四九年三月二十八日原詩《感事呈毛主席》：

開天闢地君真健，說項依劉我大難。
奪席談經非五鹿，無車彈鋏怨馮驩。
頭顱早歲平生賤，肝膽寧忠一寸丹。
安得南征馳捷報，分湖便是子陵灘。

那年月南方尚未有幸恩蒙解放，但劉成項敗已寫在牆上，柳亞子自然敬向「開天闢地」的新君感事呈詩。「感事」云云，未知所指者何，嘗檢柳氏當日《北行日記》，未有所獲，卻見一九四九年三月八日條載：「余被（婦女大會）推講話，大呼：『擁護毛主席，擁護中國共產黨，打倒蔣介石，打倒美帝國主義！』興奮至於極度矣。」如此極度興奮，似更合某人城府，真真假假，俱「舉世澆漓，難以為治」。

二、

曉得「澆漓」二字緣於少年時清誦陳寅恪先生《贈蔣秉南序》，中有「歐陽永叔少學韓昌黎之文，晚撰《五代史記》，作義兒馮道諸傳，貶斥勢利，尊崇氣節，遂一匡五代之澆漓」，從此心上「澆漓」二字必然繫上禮崩樂壞的紛紛五代，不期居然還適用於今朝。

陳先生此序寫於一九六四年甲辰夏，時年七十五，回顧生平起伏，時代波瀾，更有一生志業所寄，即「孰謂空文於治道學術無裨益耶？」我於今依然看得感動。

歐陽脩晚歲所撰《五代史記》，即《新五代史》，既厭惡李克用廣蓄義兒，卷三十六〈義兒傳〉嘆云：「嗚呼！世道衰，人倫壞，而親疏之理反其常，干戈起於骨肉，異類合為父子。」復鄙棄馮道之矯行，卷五十四《雜傳》首曰：「廉恥，立人之大節。蓋不廉，則無所不取；不恥，則無所不為。人而如此，則禍亂敗亡亦無所不至，況為大臣而無所不取不為，則天下其有不亂，國家其有不亡者乎！」歐陽文忠公敘事褒貶共冶一爐，深恨五代禮樂崩壞，而先王之制度文章掃地而盡，嗚呼！

翻開卷三《梁本紀》篇末末段眼前一亮，還以為説的是當下我城：「嗚呼，天下之惡梁久矣！」嘻！此梁（或曰後梁）是唐末藩將朱溫取李唐而代之所稱之國號，僅歷二帝而不得善終，與某人及特事特辦無關無涉，只是無獨有偶，「梁」歷來俱予人以「偽」之譏。朱溫所立之梁，「自後唐以來，皆以為偽也。」此「偽」乃指不符正統，故不容待之以王朝之禮，則梁是偽非偽耶？那是國史上正統論之爭辯，我興趣缺缺，有趣的倒是歐陽脩卻為梁辯護，力陳不應惟獨偽梁，其《居士集》卷十六有《正統論》三篇，末篇篇末云：「五代之得國者，皆賊亂之君也。而獨偽梁而黜之者，因惡梁者之私論也。」那是史識中的 moral consistency，一以貫之也，衡諸九七後我城三朝興替，梁偽則曾董亦偽，蓋其「得國」亦同出轍也歟。

我猜文忠公其實意在春秋而不在正統真偽，言及梁之大惡，公曰：「桀紂不待貶其王，而萬世所其惡者也。」我們不應偽梁，正正在於其位其權其勢俱實俱真，我們「惡梁久矣」，無非惡其居大位而行惡，未知文忠公以為然否？

三、

歐陽脩非常厭梁，《新五代史》卷十三《梁家人傳》起首即罵：「嗚呼，梁之惡極矣！自其起盜賊，至於亡唐，其遺毒流於天下。天下豪傑，四面並起，孰不欲戡刃於其胸。然卒不能少挫其鋒以得志。」更謂「梁之無敵於天下，可謂虎狼之強矣」。可憐我城，句句入肉。

議事堂中可有人手捲文忠公書以罵梁？當然笑話，讀書空文何能有裨於政事？況我城官宦議員也不見得會多讀書（從前尚有司徒先生和瑪嘉烈吳小姐！），怎曉得今夏中華書局剛刊行了《新五代史》標標致致點校修訂本（最顯眼是將「歐陽脩」一律從「修」改成「脩」），初版一萬套，舍下一套編號五三五三，差一號便是頗逼真的唔生唔死！標點本初版於一九七四年文革災餘中，也是個滄桑故事，話說文革前陳垣在中華書局委約下，點名叫了柴德賡點校《新五代史》，劉乃龢校點《舊五代史》。文革妖風一起，澆漓渾濁，時劉乃龢兼任陳垣秘書，檢其一九六六年三月十七日日記，謂中華書局擬將二十四史點校本於一九六九年國慶獻禮，催促《五代史》交稿。可後來連忠於韶山的陳垣亦被打成「反動勾結」，一九六七年十二月十一日中華派人向劉乃龢取走《新舊五代史》材料，後一九七一年更由黨高高層指示，將點校大業轉交復旦和上海師大。那些年跟當下我城一般，學術即政治，連點校古籍也是領導開出的調調兒。柴德賡文革前已做好《新五代史》點校，曾將所校底本連校勘筆記一起交予劉乃龢，料劉氏後來轉交予中華書局來人，孰料再後來標點本面世，其出版說明竟淡淡一句：「已完成的點校稿後來遺失。」

天可憐見，四十多年過去，柴先生後人居然於天壤間尋獲那部不翼而飛的校訂遺稿，即一函十冊光緒癸卯五洲同文書局石印本，上有點校及滿滿眉批，一片先人手澤。去年北京商務好心影印出版，藍布書脊精裝三冊，端嫻凝雅，直跟五代之澆漓背道而馳，彷彿一種別來無恙的 redemption，叫「惡梁久矣」的我們懷抱希望，願有澆漓一匡的日子。

黑暗的閘門

一九四八年十二月八日國中內戰深沉，國民黨日暮途窮，時夏濟安先生甫作別北平，剛抵上海，旋即寫信告訴身在美國耶魯樂土的弟弟志清：「我既然不願在共產黨治下生活，我希望我的新職業應該在南方，離共產黨威脅遠的地方，頂好是香港。」那不只是濟安先生的一廂良好願望，也曾是我城人朝朝夕夕的現實憧憬，分明直至今朝。

濟安先生是一代敏感淹博的文評家，the very learned critic，性情上鄙厭一切暴秦暴政是意料中事，更難得的是先生未有因此而一併鄙厭中華文明，當年另一大文評家陳世驤（喜見他的抒情傳統論晚近已漸成顯學！）嘗序《夏濟安選集》，便有如此知心人語：「這些文章看來都屬於文學批評創作的，但深遠處暗示著作者對現時中國文明的關心。」那時的「現時」已是五十年前的六十年代，五十年過去，那危機危難在暴秦暴政下最多只是換了模樣，何嘗稍息？陳世驤獨拈出濟安先生一九五七年的一篇〈舊文化與新小說〉，委實 critically alarming，對小說家懷有非常窩心的期許：「（小說家）的可貴之處。不一定是揭櫫甚麼新思想，也不一定是重新標榜某種舊思想，他所要表現的是：人在兩種或多種人生理想面前，不能取得協調的苦悶。」通篇未有一字言及魯迅，可我以為說的一切盡是魯迅！

濟安先生後來小留我城，浮海到了不幸也是暴秦的美麗島，然後飛赴自由美國，寫了情深的一卷《The Gate of Darkness》，華盛頓大學出版社一九六八年刊行，意在魯迅的 dark side of the force——濟安先生自不可能是 George Lucas 的好粉絲，用上的字眼兒其實是「the power of darkness」，我勉強算是《星戰》一代，總私心以為二者異曲同工，意境不殊！由 Darth Vader 到 Kylo Ren，坐擁巨大力量的豪傑總惴惴難安，既害怕庸眾看客的寞然枯寂，也怕一己大力之廢然無功，彷彿是天際徬徨中的 superhero。

少年時早已拜讀過一九七一年新潮版《夏濟安選集》，尤是那篇〈魯迅作品的黑暗面〉，一讀再讀，一向傾心，是篇原為英語文章，初刊於一九六四年《The Journal of Asian Studies》，後收入《The Gate of Darkness》裏，漢譯是宋淇手筆，從此不朽，不朽的是濟安先生的冷峻文字，熱血襟懷，一派 T. S. Eliot 的遺風遺韻。

濟安先生跟 Eliot 份屬同代雅人兼文評大家，夏氏昆仲一早於往來書信及文章中樂引 Eliot 為同道，如一九四八年十一月十九日夏志清馳書濟安哥云：「Eliot 得 Nobel

Prize想已知道，他現在Princeton的Institute內研究寫書，寫一本Notes towards the Definition of Culture，同Arnold一樣，從poetic criticism，他已轉到討論宗教種族文化上面去。」許是時局太動盪，濟安先生下一封信裏沒有續說Eliot的名山事業，卻只有自家的呢喃：「我一個人將永遠在共產主義的威脅前逃亡。」道出的是走向光明，趨避黑暗的絕不歸路。光明與黑暗的對峙也是Eliot的好戲拿手，他在名篇《Tradition and the Individual Talent》裏寫過：「I will quote a passage which is unfamiliar enough to be regarded with fresh attention in the light-or darkness-of these observation（the stark combination of positive and negative emotions）...」旋Eliot為此下一解語，謂：「an intensely strong attraction towards beauty and an equally intense fascination by the ugliness which is contrasted with it and which destroys it.」

我私心以為濟安先生竟是熟讀這段文章，然後想及魯迅心上肩上那「黑暗的閘門」，那是典出《說唐》第四十回，話說隋煬帝設計殲滅李世民及天下豪傑，於揚州暗設羅網，要豪傑自相殘殺，更備有千斤閘，欲斷群豪退路，此時竟有巨無霸力士一肩托起那巨閘，讓群豪全身而退，可巨閘太重，終究壓死那孤獨的捨身好漢。魯迅《我們現在怎樣做父親》中曾暗用此典：「自己背着因襲的重擔，肩住了黑暗的閘門，放他們（孩子）到寬闊光明的地方去，此後幸福的度日，合理的做人。」濟安先生說，魯迅、力士和那些嚮往光明的孩子一般，俱是叛徒。

「黑暗的閘門」是濟安先生敏心拈出的一顆比喻，貼心比賦魯迅徧處光明黑暗之間的激盪心情，往後濟安先生傾心細說的是《野草》和抑鬱遺少的一眾舊詩，我忽爾從少年讀入中年。濟安先生深惜魯迅，惋惜他未能寫出 Eliot《荒原》或喬哀思《Ulysses》一般的作品，深賞的是魯迅 as a modernist, not a realist！這是現代中國文學批評的亮麗創見，洵然澄然下啟李歐梵《Voices from the Iron House》和王宏志《魯迅與左聯》，惜彷彿無以為繼（如晚近 Gloria Davies 的《Lu Xun's Revolution》也不幸新意缺缺，遑論汪暉），何如在濟安先生逝世五十週年祭重溫那道「黑暗的閘門」！濟安先生英文講究，論述中自見抒情，傷懷魯迅：「His beliefs in enlightenment did not really dispel the darkness; but they served as a shield from the dangerous attraction that darkness exercised. Hope, however, illusory, looked lovelier...」依稀魯迅的低吟：「吟罷低眉無寫處，月光如水照緇衣。」

那夜隆冬，Bloomsbury 一帶好像沒有月光，我冷得哆嗦，忙將脖子縮在衣領間，搓着手跑進一爿舊書店裏，竟然碰着《The Gate of Darkness》，標價二十二英鎊，老闆說我靚仔，二十英鎊可以啦，我靦覥謝過，抱書而去。那夜之後，我翻着《中國小說史略》，驚覺裏邊沒有《說唐》！其實《說唐》中也沒有「黑暗的閘門」，第四十回〈羅成力搶狀元魁，闊海壓死千金閘〉中只聽得元帥雄闊海道：「既然有變，趁我托住千斤閘在此，你們快走出城去。」由千斤閘聯想到黑暗的閘門，那是濟安先生的 poetics 了。可我偶爾也會因此想及 Joseph Conrad 的《Heart of Darkness》，文字聲韻相近故也。近讀濟安先生一九五一年十一月十七日致志清書，云：「最近看了……Conrad 的 Heart of Darkness……Conrad 似乎又比（Henry）James 容易模仿……但 Conrad 是個 greater artist」，一切又不盡偶然。

濟安先生一九六五年早逝，時年五十，今年恰是五十週年祭。中文大學出版社歲末重刊濟安先生書及新刊夏氏昆仲書集，良有故焉。

《信報・北狩錄》二〇一五年十二月二十八至三十日

最後一怒

禮義廉自然禮義廉，不避醜陋瞓身為高高鐵路墊款鋪軌鋪路，從此我城跟共和國拉近了的距離不可以道理計。墜落是深淵，it is not a drop in depth, it is a fall to regret。

二地之間擱着距離可以成就潔身自愛，堪存孤芳。如果那青山竟是人家的中原，保不住也不足惜吧。東坡《澄邁驛通潮閣二首》之二原來竟是隔世寫給我城人仔細看：

餘生欲老海南村，帝遣巫陽招我魂。
杳杳天低鶻沒處，青山一髮是中原。

中原跟海南村是國內國外，牆裏牆外，帝力所及和未及，我城不願受招魂！我想起三數年前才刊出的一封傅聰家書，那是哥哥寫給弟弟傅敏的一張短箋，時為一九五七年十一月五日，傅聰人在波蘭，頗不寧靜，尚幸指間心上還有 Prokofiev、Shostakovich 和 Schubert，但筆下不能不心酸腸熱：「國內的生活和國外的太不同了，假如要能在藝術上真有所成就，那是國外的條件好得太多了，主要因為生活要豐富得多，人能夠有自由幻想的天地……」那「自由幻想」四字是那年和今天共和國俱容不下的天方夜譚——雖然共和國自身從來不缺理智人眼中的夜譚天方，即如傅聰數月後給父母寫信，信末有此一問：「關於國內音樂界也下鄉勞動的情形，望來信告知。我無法理解鋼琴家去勞動以後怎麼辦？難道轉行？」傅聰不願更不應轉行，同年十二月遂出走倫敦，往後的俱已是歷史和音樂史了。

傅聰這幾封信是「文化大革命野蠻抄家後殘存的家書」，江湖少見，傅敏便悉收在二〇一二年版的《傅雷家書》前端，以為「不是前言的前言」，我少年時初讀初版《家書》自未之見也。此版更多收了傅聰眾多家書摘要，俱是出走前的筆墨和襟懷，山雨欲來，寤寐難安。傅雷看了，會是甚麼心情？先生既號「怒庵」，一定對那雨中的中原青山憤怒。

傅雷是譯品也是人品，挑的譯的俱是法文寫的深沉書，少時自然不忍不讀傅譯羅曼羅蘭《巨人三傳》：貝多芬、托爾斯泰和米高安哲羅，可恕我不能讀得入心入肺，只怪氣質不同，時代不同，還有語言不同。先生一九五一年十月九日馳書宋淇，云：「我回頭看看過去的譯文，自問最能傳神的是羅曼羅蘭，第一是同時代，第二是個人氣質相近。」聽了我總神往，彷彿若有光，湮遠的非人年代居然飄起一環 sacred halo，靜穆而憤怒。那年盛夏，我也曾不惴冒昧一心虔敬在地車上翻開《約翰克利斯朵夫》：「江聲浩蕩，自屋後上升。雨水整天的打在窗上。一層水霧沿着玻璃的裂痕蜿蜒流下。」惜始終終不了卷，擱下，已然三十年。

五十年前一九六六，先生與夫人朱梅馥早已給劃成右派，折磨凌辱，最後一回寫信與傅聰傅敏是該年八月十二日，為使不讀書的黨國爪牙看得困難，信是英文寫的，格外血淚，信末云：「We are trying our best to fulfill these requirements imposed by the present proletarian cultural revolution with much strain and pain...I can only read for five minutes at one time. The long articles in newspapers are read to me by Mama. This letter is typewritten by her under my dictation... Much love to you all, Papa Mama.」

「Much love」只容以英文在唇間輕聲叮嚀，《家書》上譯成「摯愛」是既疏且遠且大聲了。我本未看過此箋原文，近看 Claire Roberts 寫的《Friendship in Art: Fou Lei and Huang Binhong》才豁然讀到，書上還有一條小註說明，據傅敏憶述，此信曾託於《信報》林先生以作當年訪問傅聰之用，後於訪問中一併刊出，惜此信如今已成佚簡。我自然記得林先生那篇《和傅聰先生一夕談》，可收在《英倫采風》第四冊上的版本未見附箋。

Huang Binhong 是黃賓虹，傅雷深賞深惜的中國畫壇第一人。不幸或幸，黃賓虹逝於一九五五，卻避過了不必要的折和辱，可一九六一年傅雷還是心繫故人，修書致巴黎友儕，云：「以我數十年看畫的水平來說，近代名家除白石、賓虹二公外，餘者皆欺世盜名。」藝評即人評，先生果然「怒庵」。

Claire Roberts 的小書說的竟是一段苦嘯中怒庵和賓虹的龍吟往事，以下一封寄予賓虹的傅箋，余心甚愛，小欄早已引過一回：「晚蟄居不出，仍借譯餬口。生性頑劣，未能與世沉浮……」未能與世沉浮的頑劣結果是死而後已。先生或有人家看不出的一襟心事，外文的、譯文的、音樂的、水墨的、處世作人的，段段款款俱是優雅通人的消息暗碼，彷彿陳寅恪的一套詩情，或許只有夫人明白，賓虹明白。

一九八六年，先生伉儷怒而歿後二十載，老友施蟄存一向洋場風流，復深於詞學金石，為文悼念，憶說：「一九六六年八月下旬，我已經在里弄裏被示眾過了，想到傅雷，不知他這次如何『怒』法……大約在九月十日左右，才知道他們兩夫婦已撒手西歸，這是怒庵的最後一怒。」我很喜歡這最後一句。猶憶那年傳聽對林先生說：「我相信他們是服毒自殺的：家父是個人性主義者，日本時期和國民黨時代他們都準備自殺……」那麼共和國的歲月又豈會饒過先生夫人賢伉儷？Roberts說先生夫人乃於窗欞上吊，用的還是別有心意的家鄉浦東手織綿布。優雅風度是跟猥瑣黨國劃清界線的最後一道門牆，先生夫人越過了，離開此國，從此是世界人文殿上逍遙的芳魂俠侶。死是不辱其身，不降其志，不在乎解決問題！

高高鐵路是一條引妖入關的有毒巨蟒，下回是更方便捉人的「一地兩檢」，一惡接一惡，我們何能只於最後一怒！

《信報・北狩錄》二〇一六年三月十四至十六日

繁體殘體猶費辭

月有陰晴，字有圓缺？那天晚上聽得有熱血的公民不忿市立圖書館庋藏殘簡體書，公然叫人教人如何丟這星，丟那書，頓覺一切可惜，可憐 the righteous and honourable cause 瞬間即如往事，只能如煙。簡體亦書，實不必如李波仝人一般，被消失於天與地！

翌日於市上即遇黃濬《花隨人聖盦摭憶》整理本新版，封面是敦厚誠樸的繁體豎寫題簽，不比初版的橫排簡體破敗書題，這才匹配陳寅恪《寒柳堂未定稿》中數語：「重返清華園，始得讀秋岳（黃濬字秋岳），深嘗其晹台山看杏花詩『絕豔似憐前度意，繁枝留待後來人』。」我份屬深賞繁枝繁體的過去後來人，須知「繁花似錦」之「繁」是繽紛如落英，風起如雲湧，豈是繁冗之謂歟？我更不稱「正體」，蓋「正」之一念，滿有 orthodoxical 和 official 的政治紅顏色，沾手沾巾即自污其身耳。簡體殘缺，吾雖不欲觀之，卻難掩當年心事，如少年時初嘗《紅樓夢》，讀的是馮其庸領軍的中國藝術研究院紅樓夢研究所校註本，人民文學一九八二年初版，自然簡體橫排，卻勝在有一眾典故文物小註，頗便初學，不似中華書局刊行之俞平伯八十回校本，雖繁體豎排，卻白文無註，洵屬成年人本子了，是以簡體本亦自有其佳處，竟可跟我後來陸續收得的景印脂硯齋鈔本相映成趣，想雪芹泉下不無莞爾？

繁簡之辨於共和國倒別有幽情暗恨生，記得詞學大家唐圭璋三十年代艱苦輯成《全宋詞》，一九六五年中華書局煥然新版，繁體端莊，自是閨閣中佳人，待得一九九九年，無端出了簡體橫排可笑本，除署唐先生以外，忽然補署「王仲聞參訂」，那是殘體中隱藏的另一個繁枝故事了。

王仲聞先生竟是何人？余孤陋，素來分不清學界中幾位王先生，即王仲聞、王仲鏞（校箋《唐詩紀事》）和王仲犖（精研金泥玉屑）三位，卻原來我早已讀過王仲聞的一截身世。一九二七年陰曆五月初二王靜安先生自沉而歿，身懷致三子貞明遺囑一份，起首即「五十之年，只欠一死，經此世變，義無再辱」。四句，歷來黯然慘然傳誦，下邊更云：「汝兄不必奔喪，因道路不通，渠又不曾出門故也。」初不知此「兄」為誰，後讀羅振玉《海寧王忠慤公傳》：「（先生長子）潛明予子婿也，先公一年卒。」長子既卒，方知此「兄」必是王先生次子高明無疑。王高明，字仲聞，以字行，多年來卻隱晦不聞，只怪其身份身世於共和國眼中不純不正，乃父清室舊臣，文化遺老，封建無匹；其人又不識時務，竟於一九五七年倡辦黨外仝人刊物，不安於室，差點給正式劃成右派。當年人民文學版《人間詞話》，署「徐調孚注，王幼安校訂」，原來「王幼安」又是王仲聞，前言校語中隻字未提，我又焉知「幼安」竟為「靜安」次子？

一九九九年中華書局刊出《全宋詞》簡體橫排本，古古怪怪，竊以為有失斯文，既於文本上無有贈訂拾遺，卻在字體上偷去筋筋骨骨，一切彷彿由來無端，只添了「王仲聞參訂」五字，卻原來此五字竟然來之極不容易！我太眼拙了，年前讀中華書局老將沈玉成（他的《左傳譯文》誰人不識？）八十年代一篇《自稱宋朝人的王仲聞先生》始知：「我願意借這個機會向中華書局諸執事提一個衷心的希望，王仲聞先生的署名當時（六十年代）既已商定，現在撥亂反正已經十年，以後如果重版《全宋詞》，應該恢復這歷史的真實。」

歷史的真實是王先生於六十年代初成了中華長期臨時工，輔助唐圭璋校訂增補其三十年代初版《全宋詞》，歷四五年而竟功，遂有一九六五年之傳世新版，書上隻字未提王先生，越四年，先生於是年十一月十二日服毒自殺。

讀過仲聞先生的故事，方才曉得知識產權法中的 moral right 真義，那是 the right to be acknowledged as the author of the work——原來腹有詩書，雖形諸筆墨，卻不獲承認，不堪聞問，自然而然是不道德的 absence of right，惟苛政暴秦方丈之流才會那麼小家那麼小器。

天可憐見，王先生自殺後四十年，即二〇〇九年，終能見有先生署名之作（前此好像只有《詩人玉屑》點校本曾署「王仲聞校訂」），那是嶽峙淵渟的一部《全宋詞審稿筆記》，收錄先生校補《全宋詞》的款款補訂，復跟唐圭璋的往返商榷，誠綉花的功夫，織布的心情。我略翻一過，見有如此一條：「入黨籍者有載有不載，司馬光，蘇軾等不載（此為重要黨人），而次要者如秦觀，黃庭堅則反載之。」詢諸唐先生，彼只淡淡批曰：「載不載無關」，彷彿一切黨人黨事俱無關宏旨，頗不足道。大抵王先生自承是新朝裏的宋朝人，於元祐黨籍格外留心，卻未必洞悉暴秦新政容不下這麼的天水細緻！試看陳寅恪《鄧廣銘宋史職官志考證序》云：「華夏民族之文化，歷數千載之演進，造極於趙宋之世。後漸衰敗，終必復振。」惜共黨之敗政竟是華夏千載為禍最烈者，遂不能見容造極之文化，王先生是如斯宋朝人，自跟乃父靜安先生一般落寞無侶，終自輕生，然父子倆九泉相遇，想必無悔。靜安先生身前曾有《平生》一首，中有如此二句：「人間地獄真無間，死後泥洹枉自豪。」

此中仲聞先生最能心領神會，其《筆記》以原稿影印，寫的自是豎體繁字，一枝枝繁花，我見猶憐。

《信報・北狩錄》二〇一六年四月十一至十三日

季康錄默存詩

一、

楊先生走了，他們仨在天上團聚，人間留下了澄明的句號。我福薄緣淺，不是楊先生的忠貞粉，她的小說戲劇散文算是粗粗讀過，由《幹校六記》一抵於最後的《洗澡之後》，淺淺白白，前兩天《南早》社論笑謂那是英式的 understatement，我未必深以為然，畢竟先生似是 well measured 多於 understating，即不怨不怒，近於另一位百歲女史張充和的高古輕吟：「十分冷淡存知己。」我虛浮，只曉得怒而不怨，自是不懂得楊先生。近日天太炎炎，躁動者風聞先生歸於道山，即蠢蠢搜求《幹校六記》、《我們仨》，死人紙貴，好不笑人。記得那年也是炎夏，我手裏拈着廣角鏡出版薄薄的一本《幹校》，趕快讀完，眉簷間聚着汗珠，頗不忿於紙上的音容平淡，終卷處未有出神。三十年來也未願重溫。也是同一年吧，錢先生《談藝錄》新版問世，我重溫那篇成於民國三十一年滿佈森然古典的《序》，依然聽見中夜清嘯：「《談藝錄》一卷，雖賞析之作，而實憂患之書也……憂天將壓，避地無之，雖欲出門西向笑而不敢也。銷愁舒憤，述往思來。」一派愁憤意難平，我最愛枕邊清誦。

今天錢先生楊先生已成顯學紅學，早已為共和國學術工業所供奉，我倒想起當年俞平伯頗有感而發的一篇〈舊時月色〉，乘着一九八〇年國際紅學會議的熱鬧當兒，十分冷淡道：「若推崇過高則離大眾愈遠，曲為比附則真賞愈迷，良為無益。」月色溶溶，欲辨還辨。

友人不愛湊熱鬧，那天囑我守着兩函《戚本石頭記》之餘，也交託我一冊線裝《槐聚詩存》，景印楊先生硬筆鈔本，封面書題下有兩行小字題簽：

錢鍾書默存稿

楊　絳季康錄

錢先生號槐聚，《談藝錄・序》中有如此兩句比喻當世：「如危幕之燕巢，同枯槐之蟻聚。」噫！

二、

錢先生《槐聚詩存》勒成於一九九四年，為的是怕後人多事有失斯文，其序交代明白：「絳謂余曰：『與君皆如風燭草露，宜自定詩集，俾免俗本傳訛。』」錢先生笑對曰：「他年必有搜集棄餘，矜詡創獲，鑿空索隱，發為弘文。」彷彿俞平伯當年深憂紅學歧路亡羊。

俗人湊熱鬧看外行，頗惹楊先生嫌惡，話說《洗澡》未完，卻總有好事者月旦胡猜後事如何，楊先生為要杜絕悠悠眾口，年前只好寫了《洗澡之後》，一心「把故事結束了，誰也別想寫甚麼續集了」。可是，縱然雪芹在八十回故事後再多寫四十回，了結金玉前緣，誰又擔保沒有俗人續書？少了《續紅樓夢》，還有《後石頭記》唷。即如還沒有寫成的書，也難逃俗人如我輩癡頑猜想為甚麼沒有終成好事？我在《槐聚詩存》上看到繫於一九九一年的一組《代擬無題七首》，楊先生在詩前交代緣起云：「『代擬』者，代余所擬也。余欲擬小說，請默存為小說中人物擬作舊體情詩數首。」那時《洗澡》早已問世，往後也未見楊先生有小說新作，直到年前方有《洗澡之後》，但裏邊不見許彥成、杜麗琳或姚宓說詩吟詩，量不會是那本「欲撰」的小說。當年錢先生未有貿然應允，只道：「我不悉小說情節，何從着筆？」楊先生遂略陳人物離合概況，謂「情意初似『山色有無中』，漸深漸固，相思纏綿，不能自解，以至懺情絕望獨有餘恨……」雖數語寥寥，抽象情書，可供後人亂想各枝各葉，但怎也不似《洗澡之後》裏的花好月圓，話嚟就嚟，話走就走：「許彥成就此和多年的老伴兒（即俗氣美人杜麗琳）分手了。他臨走利用學校熱水方便洗了一個乾淨澡，好像過去的事一股腦兒都沖洗掉了。」不僅沒有詩，更怎也對不上錢先生那七首代擬的《無題》。試讀其三下半：

> 煉石鎮魂終欲起，煎膠續夢亦成空。
> 依然院落溶溶月，悵絕星辰昨夜風。

哪會是洗澡洗得去的心事？

三、

友人長我一輩，心事應如星塵，洗澡不易洗去，既輕囑我收好那一冊線裝楊先生錄

《槐聚詩存》，好一函線裝心情，我自一諾無辭，雖然楊先生不以毛毫聞於世，何況此篇鋼筆下的一臉清癯？錢先生詩論高明沉潛，《談藝錄》一卷是我枕邊書，《詩存》當年翻過，舊詩始終太難人，李杜蘇黃不必說，即晚近如同光一輩乃至民初遺民篇什，又豈是容易攀望其項背？凡一代有一代之文學歟！

錢先生伉儷不幸是共和國年代古人，不合於當代之文，一九五九年錢先生有《偶見二十六年前為絳所書詩冊電謝波流似塵如夢復書十章》，前後十首七絕，最末一首相濡以沫，對絳畫眉深：

> 黃絹無詞誇幼婦，朱弦有曲為佳人。
> 繙書賭茗相隨老，安穩堅牢祝此身。

「黃絹幼婦」是《世說‧捷悟》裏的故事，隱約詼諧，卻早已佈下了曹操矢殺楊修之心，「朱弦」是紅色歌曲，新妝佳人及時而歌，恐怕沒有錢楊的份兒。那年兩位先生才五十不滿，心已老人未老，時代使然，一九五九使然。

伉儷深情自不待季康錄槐聚詩。某年盛夏我在琉璃廠偶獲一本陳舊而不迷糊的《文學研究集刊》第一冊，人民文學一九六四年初版，頭兩篇即錢先生《林紓的翻譯》和楊先生《李漁論戲劇結構》，鶼鰈同游，雁不孤行。那年月錢先生伉儷供職於文學研究所，學有所用之餘，難得更能同刊所學之見。《林紓的翻譯》首度揭出《説文》上「譯」、「誘」、「媒」、「訛」、「化」諸義之一脈相連貫，「把翻譯能起的作用、難於避免的毛病、所嚮往的最高境界，彷彿一一透示出來了。」斯説從此廣披四野。楊先生《李漁論戲劇結構》緊接相和鳴，點出笠翁所説的戲劇結構不會翻出個亞里士多德來，那誠然是化而不訛了。

這款唱和，既琴瑟友之，復鐘鼓樂之。

《信報 • 北狩錄》 二〇一六年六月六至八日

小說史閒情錄

上、

小說從來應是先拿來看，然後才是拿來治的，治小說史更應是快活過後的後之來者。當然今世學術生態嚴酷，為備課為 life tenure 為稻粱謀而不得不作史者，代有傳人。其實魯迅當年有《中國小說史略》之初創，也是始於北大授課時的講義，但先生於小說小說史自少至老一貫情深款款，何患焉？

先生那篇〈中國小說史略・題記〉綰結處筆下悲涼：「大器晚成，瓦釜以久，雖延年命，亦悲荒涼，校訖黯然……」我愈是中年愈愛其辭，引過也好像不只一回了。某年偶然在中島長文日譯本《中國小說史略》書前看到先生這篇題記的手澤，字跡端凝如碑，想像先生一九三〇年十一月二十五日當夜的心情，應是荒涼中還有一晌愜意的寂寞吧，漣漣漪漪，莫失莫忘。去年新刊《魯迅手稿叢編》收的《小說史略》居然便只有這孤零零的一頁〈題記〉，餘皆不存，儼如先生手上《雁門集》頁間不經意掉下來的一片枯葉。

夏志清今之經典《中國現代小說史》最初也是冷戰時代為美軍撰寫的《China: An Area Manual》中文學部份的亮麗延伸，前此夏先生的文學趣味高眉，未必容易鍾情不無淺薄卻情迷家國的中國現代小說。然而，此書既成，閃亮的是夏先生批評的眼光和精彩的偏見，顛覆了多少年來共和國必然政治正確的文學觀，夏先生也成了現代小說史硯邊翩翩操管，別有幽情暗會心的脂硯齋公子爺，縱然我素來以為脂硯齋和夏先生治的是小說，不是小說史。

可不是嗎？夏先生稍晚的一部大著《The Classic Chinese Novel》，副題便只謙稱「A Critical Introduction」，亮出的是 critical 甚或 prejudicial 的識見，不必有史，又或史在識中尋。

王德威是如此比較夏先生的古典與現代小說研究的：「Compared to the History of Modern Chinese Fiction, Hsia's Classic Chinese Novel is more daring in contemporary issues, such as literary historicity and in passing judgement on the novel's moral implications.」大概中國古典說部不像五四以來小說般深受舶來影響，foreign to Cleanth Brooks 和 F.B. Leavis 一輩現代主義新批評之說，故夏先生一下子天空海闊，不必處處

依傍成說。

初念大學時節，替國文老師到海運大廈辰衝尋找施仲文《元雜劇：中國戲劇黃金時代》，見旁邊俏生生立着夏先生的《The Classic Chinese Novel》，是 Indiana University Press 一九八〇年版，歡歡喜抱而歸，先看的是《水滸》和《金瓶》兩章，無他，少年時即愛讀孫老師仔細析論《水滸》和《金瓶》兩本貼心小書大著。孫老師自上庠退下來後，近年怕我輩大小不良太過纏擾，遂退回加州陽光下，細寫《紅樓夢》賈府上陰沉的種切，已成綸音數章，暫供圍內人士如脂硯齋一般傳閱，為紅學史更添脂批嫣然。

孫老師跟夏先生同是出身耶魯英文名門，閱讀《水滸》和《金瓶》的路子相近，俱是滿懷人文學養情懷的文本精讀。魯迅《中國小說史略》第二十五篇〈清之以小說見才學者〉，嘗謂那年月的文人「以小說為皮學問文章之具」，且「語必徵實，忌為空談，博識之風，於是亦盛」。翻過織花繡錦的一面來看，孫老師夏先生也是博識徵實的 humanist critics，志在發現作品的秀異不群風姿，是學人也是血肉說書人。

我從不愛讀《水滸》（其實我更鄙《三國》），只因梁山上狗雄遠多於英雄，說書人夏先生說的梁山正是如此：「Whereas the individual heroes are governed by the heroic code, the band follows a gang morality which is only a caricature of the code.」後來孫老師走得更遠，直謂《水滸》是強盜說給強盜聽的書，難怪共黨愛它，毛氏愛死它了。

不解的是，夏先生對《水滸》的賊世界烏世界略無敬意，跟共和國官方言調大不符，卻無礙其《The Classic Chinese Novel》於共和國中流行廣遠。以我所見，早在一九八八年已有安徽文藝出版社出版未署譯者之名的漢譯本，題作《中國古典小說導論》，算是頗忠於原題，書末〈譯者後記〉說主要譯者叫胡益民。千禧年頭江西人民出版社出版了題為《中國古典小說史論》的漢譯本，算是前一本的校訂版，且終肯款署「胡益民等譯」，還譯者一個欠落的公道，可卻將「Critical Introduction」改譯成「史論」，平添了太初所無的「史」，想夏先生看了可會皺眉？

下、

《The Classic Chinese Novel》從前只有共和國全譯本，今年中文大學出版社大手筆刊行夏濟安夏志清昆仲諸種大著暨書信集，無量壽佛之餘，首度推出共和國以外的漢譯本《中國古典小說》，主打翻譯的是何欣。劉公紹銘在卷末〈校訂餘話〉中說得委婉，謂此譯本拖沓了二十七年，更引夏夫人王洞之說，料是夏先生不滿譯文「拖沓」，一拖再拖。如此一切實在情理之中，蓋譯事難，譯文易爛，況且看過夏先生英文原作後，罕有不感其為文講究，雕龍文心吧，如《導論》中這兩句我見猶憐：「In spite of the severe moralism it ostensibly upholds, Chinese fiction is notable for its lack of Victorian prudery.」點睛的「Victorian prudery」二字既見夏先生東西文學的比較眼光，也叫人喚起維多利亞時代大小說家 George Eliot 的複雜心情：「The presence of noble nature, generous in its wishes, ardent in its clarity, changes the light for us!」

何欣逕將 Victorian prudery 翻作「維多利時代的人那麼愛裝假道學」，不只拖沓，更摸不着夏先生的幽深曲折，也難為了維多利亞時代的閨閣忐忑難為情。不曉得夏先生當年校訂譯文時會是一副甚麼心情，只記得夏先生當年毫不拖沓地感喟：「校改《中國古典小說》譯本這項工作，沒有人催，也就一直擱着了……」

精研精考天下《水滸》版本故事的我城馬幼垣，回首半生研究《水滸》的前因後果時曾有一番窩心豪語：「近百年用中英日法文發表的研究報告……都要有終能悉數用原版配齊（不用海盜貨和隨意翻印之物，更絕不看無法保證準確的翻譯品）的可能。」一馬馬（據說這是虎地大學學子對馬教授的暱稱）絕不馬馬虎虎，其兩部《水滸》論衡自足以盱衡當世，不用「海盜貨」是堅守智慧產權，不看冇譜靠的翻譯更是知心過來人語。然而，漢學英文論著，如有漢譯本，我總要拿來對讀，好復原原著中欣然所引的條條古典材料。《The Classic Chinese Novel》中多有水滸三國紅樓西遊金瓶梅的大段引文，在夏先生原著中翻成了英文，讀着彷彿明珠台的劇集配上了翡翠台的口音，自然隔了一個 lingua 的大西洋，叫人心急回頭是岸，試問笑笑生的英文忠告「Gentle reader, a man's supply of vitality is limited even though there are no bounds to his desire for sexual pleasure.」又怎生及得未配音前的「看官聽說，一己精神有限，天下色慾無窮」般字字警世恆言？因此讀《The Classic Chinese Novel》得左右互搏，英中並陳，當然若曾熟讀書上說的六大小說，不必顧盼，即可跟夏先生坐而論道。

夏先生最關心的道是 whether a given story or novel had something interesting or important to say about the human condition？

說小說有裨益於人生，那是很現代很西洋的執着，魯迅在《我怎麼做起小說來》裏有幾句泣血的 motto：「說到『為甚麼』做小說罷……以為必須是『為人生』，而且要改良這人生。」而夏先生眼中再睿智的作者可不能離開歷史傳統而憑空創造他的小說世界：「[But] he has the freedom to choose diverse elements from his tradition to compose his own world view.」那麼，治小說也在治小說史吧。

「雖小道，必有可觀者焉；致遠恐泥，是以君子不為也。」論者愛引這一段逗趣話來議論小說的 relevance 與 irrelevance，可是子夏這番話，矛盾迭出，事關既曰「可觀」，怎生「致遠恐泥」？「致遠恐泥」通解作「圖大事，恐不通！」那又如何「可觀」焉？先秦之作太好古，邏輯上常常似通非通，最好笑而不用，讀而不信。

夏先生從六部古典小說中窺見段段古典中國情懷，沒引子夏的咕嚕，憑的倒是一縷 Hermeneutics 的中西評點功夫，如詩一般的煌煌傳統！F. R. Leavis 的說部評點之作叫《The Great Tradition》，怠非無的放矢吧，我更疑心，《The Classic Chinese Novel》是向 Leavis 無聲致敬之作。白先勇在《中國古典小說》前邊導賞之篇〈經典之作〉中幽幽述說夏先生如何於一九六九年初春傳來文稿一疊，他又如何不眠不休三夜兩天無怠終卷，那是現代中國文學批評史上的不朽夜讀 Great Tradition 了。這種小說評論又可溯源於考證鈎沉，魯迅《古小說鈎沉．序》上結語云：「歸魂故書，即以自求說釋，而為談大道言，乃曰：稗官職志，將同古『采詩之官，王者所以觀風俗知得失』矣。」彷彿小說即人生，我少年時看小說也曾奢望於此略識人間悲喜劇，好給自己的人生來個 first night 前的 dressed rehearsal。然而，那 first night 忽爾掩至，靜悄無聲，一下子更轉成無可挽回無可奈何的終局，迷途未返。

知小說史讀小說史是隨國文老師的隨意點撥，年前老師於上庠授中國古典小說史，我又隨緣多讀半遍魯迅《中國小說史略》。最近老師賜我戴望舒《小說戲曲論集》一冊，一九五八年作家出版社初版，集中從前熟讀過的有〈讀《李娃傳》〉，今回重讀，卻欠青春。

《信報・北狩錄》二〇一六年八月十五至十七，二十二至二十四日

太子道上唐代史

「太子道三百六十九號」離我家殊不遠，今天那兒新建屋苑尚有個清清白白的名子，婷婷地叫「文禮苑」，一派古典吹過來的風，果不偶然？許多年前那兒是陳寅恪先生的厲廬，先生名著《唐代政治史述論稿》即成於其間。初，先生此卷原題作《唐代政治史略稿》，其序自署曰：「辛巳元旦陳寅恪書於九龍英皇太子道三百六十九號厲廬。」辛巳即一九四一年，前此一年先生就薄扶林大學客席教授之聘，曾修書致清華梅貽琦校長云：「經杭立武君與香港大學商洽，聘弟為Visiting Prof暫在港講授。弟擬照去年之例，向學校請假……賜覆乞寄香港九龍太子道三六九號三樓。」月前本報同文葉輝先生為文〈陳寅恪遷徙港九〉，更考出其址為「三樓後座」，雖未及其出處，卻足見後世我城有心人。

陳先生門人蔣天樞自也是有心人，恭撰《陳寅恪先生編年事輯》，一九四一年記事按語云：「師當年曾語樞云：此年居香港時作《唐代政治史述論稿》。稿成而太平洋事變作。」實憂患之書也。嘗檢先生《書信集》，是年八月二十六日有一函致傅斯年，信末但云：「弟近將所作之『唐代政治史略』修改完畢，中論士大夫政治黨派問題，或有司馬君實所未備言者。」附識「現居於香港九龍太子道三六九號三樓」，可見先生憂患之書亦自矜之作。

先生《唐代政治史略稿》，既屬亂世中憂患之書，人事書稿自亦屢經亂離，彷彿同代人錢先生《談藝錄．序》所言：「憂天將壓，避地無之，雖欲出門西向笑而不敢也。」那年陳先生沒敢笑，只願人書平安，在太子道上繕清《略稿》，逕將此手寫本寄交上海浙江興業銀行王兼士收存。後未悉何故，先生以為「原在香港手寫清稿，則寄滬遺失矣」。因此稍後一九四三年於重慶初版且已改名《唐代政治史述論稿》者，實由他人「用不完整之最初稿拼湊成書」，跟先生手寫清稿於架構立論上雖無二致，於字裏行間卻不盡相同。

多年之後，先生逝矣，卻原來王兼士從來保有此稿，後輾轉交予先生及門弟子蔣天樞，遂有一九八八年上海古籍景印《略稿》手稿本行世，人書飄零，一世隔世，我輩卻幸因之有緣觸手生溫，天若有情。又二十年過去，二〇〇八年此手寫稿本重印，添上先生女兒流求、美延一篇後記（獨不見二女小彭，莫非果真因為小彭夫婦早已移居我城，方丈小器，故不得並列同一屋簷下？直至年前才見三姊妹合寫《也同歡笑也同愁》），首度明言此稿本乃陳先生夫人當年相濡共筆，那是書人心史了，更難得的是這段心史竟成於九龍太子道上，我住得不遠，與有榮焉。

忽爾今夏，上海古籍以線裝心情線裝禮敬，再一回景印了先生這部《略稿》手稿，一函三冊，紙墨朗晴，啟卷若有光，更多了十四通五六十年代先生致出版社書函，商的是書稿出版種切。這批書函我年前已在《陳寅恪研究》第一輯上讀過，今回初睹的是先生伉儷又一回的相濡手澤——當然，那時先生已失明足殯，料全是夫人唐篔女士的細細代筆，點點心情，時雖不在太子道上，卻一切依舊 princely。

《信報 • 北狩錄》二〇一六年十月十一及十二日

未盡是前塵夢影

二〇一〇年一月二十九日董先生欣獲余英時先生慨贈黃秋岳小楷鈔詩扇子一柄，遂有〈黃濬書扇小注〉一篇，文史互證，顯隱交融，黃秋岳陳寅恪余英時董先生忽如眾星聯珠，一時未必盡是前塵夢影。

黃濬字秋岳，室名花隨人聖盦，有《聆風簃詩》及《花隨人聖盦摭憶》傳世。《聆風簃詩》世上難得，年前西泠印社春拍，一部民國三十年刻紅印本四冊《聆風簃詩》便拍了十二萬六千元，除了望書興嘆還是興嘆，只能在其師陳石遺《近代詩鈔》裏選入的幾十首中挑來賞味。汪辟疆《光宣詩壇點將錄（《甲寅》雜誌刊本）》評曰：「秋岳詩工甚深，天才學力，皆能相輔而出，有杜韓之骨幹，兼蘇黃之詼詭，其沉着隱秀之作，一時名輩，無以易之。」那是不比尋常，卻未必見於《近代詩鈔》了。然而，陳寅恪先生一九四七年有《丁亥春日閱花隨人聖盦筆記，深賞其遊暘台山看杏花詩，因題一律》：

當年聞禍費疑猜，今日開編惜此才。

世亂佳人還作賊，劫終殘帙幸餘灰。
荒山久絕前遊盛，斷句猶牽後死哀。
見說暘台花又發，詩魂應悔不多來。

我少年時讀此詩自對黃秋岳一無所知，待讀到余英時先生《陳寅恪晚年詩文釋證》中語及此詩當年特為陳夫人刪去，蓋因「筆記作者黃濬（秋岳）是因替日本人作間諜而被處決的，不能無所忌」。方知黃氏鱗爪。

陳先生愛賞秋岳詩及筆記，其《寒柳堂記夢未定稿》云：「清代同光朝士大夫清流濁流之分，黃秋岳《花隨人聖盦摭憶》論之甚詳矣。」在殘稿中陳先生引了《花隨人聖》中兩則筆記，俱屬有關於清季士大夫之主戰主和者。

清末列強虎視環伺之際，存亡絕續，士大夫勢難置身事外，然而主戰剛烈，遠較委婉主和容易。陳先生錄的兩條《花隨人聖》筆記，說的正是祖上散原老人之斥李鴻章不當戰而戰，云：「蓋義寧父子（陳先生祖籍義寧），對合肥（李鴻章安徽合肥人）之責難，不在於不當和而和，而在於不當戰而戰。以合肥之地位，於國力軍力知之綦審，明燭其不堪一戰，而上迫於毒后仇外之淫威，下刦於書生貪功之高調，忍以國家為孤注……」

黃秋岳既生於清末民國亂世，於主戰主和體味應深，不徒借義寧陳家以責李氏一派，胸中或有塊壘待曉，深悉花隨人聖，戰叩不如人願。

為甚麼花隨人聖？多年來行世本《花隨人聖盦摭憶》俱只有秋岳摯友瞿兑之序，叩沒有作者本人交代的前世今生，遂請教於國文老師，老師即示我以年前國內宋希於的一篇短文，一切豁然。多得宋先生故紙中翻出民國二十三年十一月十七日《中央時事周報》，是期卷首綴有黃秋岳自撰《花隨人聖》連載緣起，俱引如下：「《中央時事周報》主者劉厚安先生，來約為撰筆記。文書鞅掌，學殖就荒，慚何敢承！無已，就夜幌秋燈間涉想所及，信筆紀之。談故事，説詩文詞，記遊覽，咸納為一，以貺讀者。小言期於覆瓿，不足存也。春間以《海埜詞》語顏所居，今並取以為識。秋岳記。」

宋先生大德，更考出《海埜詞》乃宋人曾覿詞集，中有一首《驀山溪．坤寧殿得旨次韻賦照水梅花》，下闋云：「花隨人聖，須信世無雙，騰鳳吹，駐鑾輿，堪與瑤池亞。」以詞論詞，純屬奉旨次韻之作，且露骨高吟「花隨人聖」，更難免頌聖諛君之譏，遠不及王安石《寓言三首》中「若見桃花生聖解，不疑還自有疑心」。梅花竟不及桃花耶？

翻着新獲的一卷《前塵夢影錄》，線裝景印自莊嚴堪藏諸家批校本。「自莊嚴堪」是周叔弢室名，所錄諸家批語出自章鈺、吳昌綬、周叔弢及顧起潛，統由顧氏過錄，落英繽紛。《前塵夢影》作者為清人徐康，功名不著，書上記的盡是藏書見聞及金石書畫圖籍一切好古之事。佛書上説，世有六塵，即色、聲、香、味、觸、法，前五者俱是感觀經驗，惟「法」存於一念中，好古亦法，無可奈何，力挽已逝的狂瀾，挽不着便成夢幻泡影，惟餘一瓣不滅心香。

去年黃裳藏書題記又一回亮麗景印出版，題《前塵夢影新錄》，閱之莞爾，然書中未有著錄徐康書，更不知《新錄》與舊錄有否連枝之雅，莫非徐康固執，黃裳固執，你我固執，遂戀戀於前塵與夢影？《花隨人聖》裏的黃秋岳説得明白，依戀的是他採來的臆憶，故名「摭憶」。陳先生余先生董先生俱愛讀《花隨人聖》，我自追慕前賢時賢，初嘗的是中華書局出版李吉奎整理本，目錄引得齊備，頗利檢索。初，《花隨人聖》乃秋岳摯友瞿兑之於一九四三年艱苦斥資刊行，流傳殊不廣，極不易得。據聞，陳先生當日捧讀的一部乃借自學生周一良處。周一良是周叔弢大公子，那麼周叔弢自莊嚴堪藏《前塵夢影》，輾輾轉轉，紅塵中總可遇上《花隨人聖》吧？

我城龍門書店大德，曾於一九六五年將瞿兑之本《花隨人聖》景印一過，匆匆前塵五十年，我偶然獲得，書隨人緣。

《信報 • 北狩錄》 二〇一六年十一月二十八至三十日

應憐花隨人聖哀

黃秋岳坐漢奸罪死，其文遂因人而廢，尚幸獲友人瞿兌之獨攬其事，其《花隨人聖盦摭憶》方得以流傳人間。陳寅恪先生一九四七年丁亥春得讀此卷，賦詩誌之，上距秋岳死已整整十年，而先生深賞之秋岳暘台山看杏花詩，全篇並未錄於《花隨人聖》，卷中只載：甲子後，余客江南，迨北歸索居，始以庚午清明後三日再至（暘台山大覺寺）。花已爛漫，故有「絕豔似憐前度意，繁枝猶待後遊人」之句，蓋極眷於前遊也。

那一回是一九三〇年，秋岳重遊大覺寺，卻嘆所見杏花不及從前，眼前雖有碧桃數百，然渺乎小矣，憶昔更戀戀不忘從前所吟二句。我沒看到《聆風簃詩》，沒緣讀到這篇杏花詩，據聞收入集中題作《大覺寺杏林》，是耶非耶？

又據聞，洽是秋岳罪死那年，上海中華書局本擬將《聆風簃詩》、梁鴻志《爰居閣詩》及夏敬觀《忍古樓詩》一併刊行，忽聞秋岳伏誅，《聆風簃詩》即留中不發。

梁鴻志，初字仲毅，後更字眾異，秋岳老友，又同是陳衍石遺得意門生，《花隨人聖》中多載眾異事，詩作亦時有唱和往還，嘗檢《石遺室詩話》，云：「（秋岳）

世亂家貧，舍去治官文書。與同學梁眾異，朱芷青最稱莫逆，相率為五七言詩……」正是如此一位莫逆梁眾異後來為故友奔走，於一九四一年終刻成《聆風簃詩》。當年錢鍾書有《題新刊聆風簃詩》七律一首，中間二聯亦讚亦嘆，云：

失足真遺千古恨，低頭應愧九原逢。能高蹤跡常嫌近，性毒文章不掩工。

錢先生自註引王世貞《袁江流》詩：「孔雀雖有毒，不能掩文章。」先生雖未審「孔雀性毒」從何而來，但將秋岳比作翩然靈島略無疑問，彷彿遙啟陳先生多年後那一句不甘心不忍心的「世亂佳人還作賊」，是一片惋惜多於一心責難了。

陳先生詩中亦有「當年聞禍費疑猜」一句，蓋秋岳漢奸通敵事種切未必詳明。雖然坊間如劉衍文《〈石語〉題外》言之鑿鑿，謂秋岳將密報藏於禮帽內，存於宴會衣帽間，讓日諜施施然取去，該密報實有關蔣氏意欲封鎖江陰長江，圍殲敵艦的大計。然而，秋岳時雖任南京行政院秘書，是否與聞最高機密，或待細考，當日秋岳死後，莫逆梁眾異即有《哭哲維（四首）》，其一即云：「秘書非達官，何事而誅夷？」眾異心悲秋岳之死，然所疑處實不無疑處，真未可「以人廢言」也。多年後曹聚仁更明細點出，秋岳於一九三五年已遭疑而調離中央政治會議秘書之職，難聞達官機要云爾。年前廣東才子胡文輝箋釋陳先生此句「當年聞禍費疑猜」，上窮碧落，搜尋極富，不可錯過。

然而，翻入《花隨人聖》，卷中繽繽紛紛，即見秋岳多處自嘆史之難明，如第一五九條〈馬建忠條陳歐洲政事〉，語及馬建忠遭京曹詬為「小漢奸」，蓋因飽學西洋之故，旋謂：「可知京曹風氣，凡稍通外國情事者，一遇事變，略當其衝，即被呼為漢奸，此等習慣，由來已久。」噢！既然由來已久，難怪黨國今朝亦然。

往下一條秋岳引文芸閣《閒塵偶記》中唐椿森受命緝捕漢奸事，唐卻發現其人實琉球遣於中土求援於國朝者，秋岳遂喟然道：「可知即指名奸細者，鑒別正自不易。尤不可遂以辣手為快。」莫非一語成讖耶？

臨至卷末，第三一一條〈唐代二王平反〉，語及王伾王叔文事，更見沉痛：「年代久遠，是非曲直，世亦慵於論列，其幸不幸如此。」其實，縱是眼前眼底事，寧不如此乎？

《信報‧北狩錄》二〇一六年十二月五日至七日

五十凶年

一、

那夜既已從人疏雨冷的神田挾卷歸去，宛若應了那卷雨天的書，苦雨知堂。忽念知堂於一九六七年五月辭世，時年八十有二，恰是五十年前。五十真凶？見過寫五十寫得最凶的是王國維自沉昆明湖魚藻軒前的絕命辭：「五十之年，只欠一死。經此世變，義無再辱。」

我少年時看到「只欠一死」便不禁伸伸脷，機靈靈地打個哆嗦。無論王先生殉的是清室還是那消失中的文化秩序，世變之間，他也鐵了心不老於五十之年，那是一九二七年的端午日，於今九十有年。噫！惟有先生的自沉才逾過那五十高牆。知堂一九三四年甫登五十，卻笑嘻嘻的，一月十三日更寫下那首有名的《五十自壽詩》，詩云：

前世出家今在家，不將袍子換袈裟。

街頭終日聽談鬼，窗下通年學畫蛇。
老去無端玩骨董，閒來隨分種胡麻。
旁人若問其中意，且到寒齋吃苦茶。

知堂原題作《二十三年一月十三日偶作牛山體》，效的是志明和尚牛山體，算是亦僧亦諧，袍子袈裟一併穿，渾不當自家半百之齡是一回餿事，只是後來刊在林語堂《人間世》上時，幽默大師不幽默，改成《五十自壽詩》，更有一眾好友名士如蔡元培、沈尹默、沈兼士、錢玄同和俞平伯一同和唱，小壽化大，遂惹來或長於五十的人微辭，例如魯迅：「周作人自壽詩，誠有諷世之意，然此種微辭，已為今之青年所不為了，群公相和則多近於肉麻……」青年自有年輕世界，不必將五十老人扯去陪席，然而，我看上述群公的和詩絕不肉麻，此中更有蔡元培極近人情的兩句：「園地仍歸君自己，可能親掇雨前茶。」今天選情日近，人情日怯，如此二句云云，我城人仔最宜合十細誦。

知堂五十後的二三十年應不算好過，在北平敵區當過官，在南京蹲過老虎橋監獄，最後舊文人回到新北京，苦茶新苦。

二、

知堂於五十中年自有所見，在未屆半百之齡的一九三〇年便寫過〈中年〉一篇，略云：「我決不敢相信自己是不惑，雖然歲月是過了不惑之年好久了，但是我總想努力不至於不不惑，不要人情物理都不了解。」此處「不至於不不惑」初看還道是衍文，卻多得知堂英譯人 David Pollard 代我們解惑，逕翻作「strive not to waver」！那我們便不好意思動搖了。

忽爾過了三十年，八十啦，知堂還是詼諧，寫了一首《八十自壽詩》，明晃晃夫子自道「仿放翁《七十書適詩》」，其詩不必引了，倒是知堂於詩後所署說明分外觸目：「偶因酒醉，膽大氣粗，胡謅一首，但不發表好了，錄示二三友人，聊作紀念。」那年月，知堂一派辛酸，我疑心，何來酒醉？哪來醉酒？

我城有幸，曾有鮑耀明君，因仰慕知堂，獲曹聚仁引薦，雖始終無緣相見，卻竟有數年跟知堂鴻雁往來不斷，笑談神交，時為一九六〇至一九六六年間，正是知堂的最後歲月，八十前後的身影心情。一九六四年一月二十六日知堂八十初度，尚未打算寫《八十自壽詩》，卻已修書致鮑君，云：「三十年前畢竟年輕，有寫『出家』打油詩的勇氣，可是這回不敢了，只找到陸放翁的一首詩寫了送人，略以解嘲，也寫了一張送上，希隨便糊壁。」我猜那首放翁詩一定是《書適》了，起首是「老翁垂七十，其實似童兒」。結語作「更挾殘書讀，渾如上學時」。那卷殘書焉知不是七零八落的餘生？餘生若殘書，但詩卻還是鈔在老友俞平伯贈其祖上曲園老人所製的一張舊箋上，陳舊而講究，皎皎月何如？那是暴秦尚未能奪去的匹夫之志。

我最喜歡信上那句「三十年前畢竟還年輕」，年輕是五十，噫。

三、

也是三十年前該有的月亮，縣試期間我還是不務科舉正業，只顧在舊日洗衣街上新亞老店嘻嘻撿來一眾知堂佳品，那時共和國竹幕猶垂，周樹人是民族鐵鑄的魂，周作人卻是永遠帶罪落水的狗。然而，我城當時異國兩制，雖委身殖民地，卻還可以從容買到實用書局翻印的款款知堂文集，更有三育出版的《知堂回想錄》呢。我手上泛黃了的《自己的園地》、《雨天的書》、《秉燭談》和《夜讀鈔》，今天回看，自是風雨故人來，不可多得。那年月且曾以二元五角收得鮑君編《周作人晚年手札一百封》，香港太平洋圖書公司印行，一九七二年的初版，收的正是知堂於一九六四至六六年間致鮑君的手札，原件粗樸影印，讓我初識行楷之間的知堂手澤，但終不易巨細辨識，幸拜鮑君大德，二十年前又自費印出五百冊《周作人晚年書信》，收知堂致鮑君信近四百封，且屬整理排印本，極便參研，細讀之下，處處竟是柴米油鹽西藥東洋書之請之託，如開卷一封寫於一九六〇年六月五日知堂即云：

「茲有瑣事奉煩，因前信曾說有煎餅可得，欲請費神買鹽煎餅一盒寄下……」

雖是隔世想像不來的畸人世界，但偶爾想到「且到寒齋吃苦茶」之際，幸有鹽煎餅在，禪機乍現。另「且到寒齋吃苦茶」的初典，惟見於一九六五年十二月二十八日手札：「這是出在漱石之《貓》裏面，恐怕在卷下吧。苦沙彌得到從巢鴨瘋人院裏的『天道公平』來信，大為佩服……」云云，我疑心《我是貓》的本事只是幌子，吃緊的怕是「天道公平」四字，而這四字卻給鎖在瘋人院裏，輕信不得。

如若「五十年不變」是另一種「天道公平」，我們當記着知堂於夫人羽太信子病中曾幽幽說過：「五十年的情感，尚未為惡詈所消失。」

四、

都說知堂喜歡夏目漱石的文章，一九三二年張我軍漢譯夏目先生的《文學論》（此卷近日重印，書上居然有代數般的算式！），找來知堂作序，序云：「夏目的文章是我素所喜歡的，我的讀日本文書也可以說是從夏目起手……可喜的卻並不一定是意思，有時便只為文章覺得令人流連不忍放手。」

漢文人慕日，日本文人亦嘗殷殷慕漢，夏目先生原名金之助，取「漱石」為筆名。《世說新語．排調》記孫楚願歸隱，欲謂「枕石漱流」，但舌頭跟心頭搗亂，不慎說成「漱石枕流」，人聞之，詰曰：「流可枕，石可漱乎？」孫楚急才，應曰：「所以枕流，欲洗其耳；所以漱石，欲礪其齒。」一派玩世的文人春光，亮麗東瀛，可惜這邊廂共和國近世聞名的漱石先生只有饒漱石一位，即所謂「高崗饒漱石反黨集團」主腦人物，斗膽洗耳礪齒，自許清流，當然不得好死。

夏目先生嫻熟漢文文章，嘗為漢詩文，俱收入《漱石全集》中，年前國中有心人輯而校之，成《夏目漱石漢詩文集》一卷，中有《木屑錄》，云：「余兒時誦唐宋數千言，喜作為文章。」我更愛看漱石漢詩，翻看時總想起知堂，想起五十，想起凶年。

夏目先生生於慶應三年（一八六七），卒於大正五年（一九一六），年五十整！明治二十八年（一八九五）曾作《無題五首》，中有如此二句：「人間五十今過半，愧為讀書誤一生。」

彷彿早料到只有人間五十年，噫！

《信報 • 北狩錄》二〇一七年二月二十至二十二日

神話與詩

一、

我城巨賈荷包既深，腹笥復厚，更巧手拈出女媧神話譬喻時政，鏗然一字記之曰「女」！淺人以己度人，以為巨賈竟將公仔肚裏的腸都畫埋出嚟，嘖嘖嘖稱奇。我卻不作如此想，事關巨賈是儒商，所見自深，其引古典自必有更深更廣的遙遠指涉，面子一層只是謎面，裏子那層才是智慧正話。

此話何來？試看煉石補天神話，初出於《淮南子・覽冥篇》：「女媧煉五色石以補蒼天，斷鼇足以立四極，殺黑龍以濟冀州，積蘆灰以止淫水。」如此改地變天，乾坤逆轉，其功厥偉，但書上結語說「然而不彰其功，不揚其聲，隱真人之道，以從天地之固然」。如此守真有道的女媧，怎似得自鳴「好打得」的「一女子」講咗當做咗未做已領功的風騷行徑？是以我疑心「煉石補天」只是引子，為的是引領我們上溯女媧原形。遠早於《淮南子》的《天問》載：

登立為帝，孰道尚之？

女媧有體，孰制匠之？

說的問的是上古微茫之世，有「女登」給立為天后女皇，為何得人崇拜？而「女媧」捏土造人，那她的身體又是誰人所造？回到被影射的地球現實，如果「一女子」是女媧，她背後造就伊人的又會是誰？「孰制匠之」？一切還不呼之欲出？

而東漢王逸此處嘗作一註云：「傳言女媧人頭蛇身，一日七十化。」女媧其實好恐怖，成個蛇首人身的 Madusa 倒轉過來咁款，還要一天生化繁衍次數不限，搞得盤根錯節，「一女子」從此是一人天下了吧？

又從《天問》出發，往後更有如此四句：

中央共牧，后何怒？

蜂蛾微命，力何固？

一說「蛾」是「蟻」的古字，但橫讀豎讀，「蛾」都是「娥」的同音！小小阿娥，其力何固？是否一切緣於樂與「中央共牧」？

二、

女媧神話指涉〈天問〉，然而〈天問〉不只是《楚辭》裏的一章，更是一九八九風起淚落後達明一派意難平裏的一首！上週達明三十一派對，我在台下聽着台上問天《天問》，裏邊其實沒有女媧，只有阿娥：

「誰偷仙丹飛天？月宮安守青天？縱怨天，天不容問；嘆眾生，生不容問！」

阿娥今已飛天，仙丹留給凡人好了，我們只好問：為甚麼不容問？

屈大夫嘗問：「夜光何德，死則又育？」

怎麼某人無德，走了，居然「死則又育」，換成了矢志煉石補天兼人首蛇身的一女子？一切原來只是故事新編！果然，魯迅《故事新編》起首正是一篇〈補天〉，寫的自然是伊：

「女媧忽然醒來了。

「伊似乎是從夢中驚醒的，然而已經記不清做了甚麼夢；只是很懊惱，覺得有甚麼不足，又覺得有甚麼太多了。」

太多的是選票，不足的自是 legitimacy appeal！魯迅的新編故事未完，〈補天〉裏的女媧仍在補天，沒完沒了修補那早已撕裂的天空：「天上一條大裂紋，非常深，也非常闊。」然而伊愈補天，愈疲累，也愈消瘦，愈厭煩，事關仰面是歪斜的破天，低頭是齷齪的爛地，最後眼花耳鳴，倒下。女媧死了！那時「上下四方是死滅以上的寂靜」。鴉、鴉、鴉。

魯迅在書前說過他的新編故事只是取材史上神話，加以「茀蘿特」（Freud 也！）視角的發揮，那我們自然不必癡心視作我城的魔幻寓言，任由女媧死去好了。

一九七二年於長沙馬王堆一號漢墓中掘出了一張保存鮮明的帛畫，工筆細畫了天界和人間的宇宙秩序，天界中有二女，一是女媧，另一便是偷仙丹的阿娥！噫！竟是古來如此，並非於今尤烈？

三、

女媧嫦娥有份共治天界，既是神話既是詩。郭沫若在那張馬王堆漢墓帛畫出土後翌年，於《文物》上刊出〈女媧〉一文，解釋該畫構圖，滿是社會主義詩意，留意到天界人間底下是一個巨大裸男，雙手擎天，意味由他擎着人間與天界，「形象化地表現了人間與天界都是建立在巨大無比的勞動力之上」，而那巨人的階級意識還未覺醒，如覺醒了，雙手一鬆，人間天界便要傾塌下來！公仔肚裏的腸呼之欲出，郭老死忍不說還是要說的是，勞動人民的階級意識有待黨的領導，黨的喚醒，因此黨必然主宰巨人，也主宰人間、主宰天界，一切神話一切詩！女媧還是要聽黨的話。

聞一多做過一篇瑰麗豐饒的論文《伏羲考》，收在《神話與詩》裏，我常放在枕邊翻看把玩，愈翻愈有味兒。《伏羲考》考出最初是唐代司馬貞在《補史記三皇本紀》裏將女媧補天之事繫上共工作亂禍及人間，說共工與天帝爭霸，怒而觸不周之山，天柱折，地維裂，遂由女媧出手敗共工，煉石補天收拾殘局。繼小文前面引過「中央共牧」之後，此處又見「共公」搞事，環繞女媧補天的諸多事實在在竟是我城魔幻寫照。汝若不信，請更毋忘女媧補天用剩一塊頑石，無才可去補蒼天，枉入紅塵若許年，後來便有《石頭記》！噢！我說的不是曹雪芹的一本，卻是三十年前達明一派那首老歌，可不是嗎？

「絲絲點點計算，偏偏相差太遠，兜兜轉轉，化作段段塵緣。紛紛擾擾作嫁，春宵戀戀變卦，真真假假，悉悲歡恩怨原是詐。」

邁克先生的詞不只禪機處處，更不幸預告了我城二十年來的政治：詐！

《信報・北狩錄》二〇一七年三月二十七至二十九日

人間二主詞

一、

問：一座光輝城市沉淪至不見底，耗時多久？答：二十年吧！

以下寫的跟以上錄的興許未必有關連。

眼下人在南京，行篋中帶的是薄薄一卷《南唐二主詞》，乃光緒戊申（即一九〇八年）王國維所輯所錄本，靜安先生的墨跡，今深藏於京師國家圖書館，月前文物出版社好心景真，好讓人間品味，出門前我剛入手一部，不忍稍離身邊，遂行篋以隨。

南唐短命，定都江寧，即今之南京。

靜安先生從來深賞李後主詞，我少年時已銘記《人間詞話》第一百零六則上先生的斷語：「詞至李後主而眼界始大，感慨遂深，遂變伶工之詞而為士大夫之詞。」然後一連數則，俱細味後主之天才赤心，如第一百零七則云：「詞人者，不失其赤子之心者也。故生於深宮之中，長於婦人之手，是後主為君所短處，亦即為詞人所長處。」

今檢先生所錄《二主詞》手稿，於後主《虞美人》上闋密密圈點，正是「春花秋月何時了，往事知多少。小樓昨夜又東風，故國不堪回首月明中」。以靜安先生所見，後主詞不唯承載亡國之痛，蓋「尼采謂：一切文學，余愛以血書者。後主之詞，真所謂『以血書者』也……後主則儼有釋迦、基督擔荷人類罪惡之意，其大小固不同矣。」感慨深，故眼界大，更勝尋常士大夫心事，靜安先生千年後亦自深為動容，不忍不憐。《人間詞話》稿本底本刊行流傳複雜，其寫作及定稿時間只能步步推敲。我輩讀的多是八十年代滕咸惠的《詞話》校註本，書上將先生寫作時間定於一九〇八年七至九月間，恰是光緒戊申了，正值先生輯錄《二主詞》之際，墨痕猶新。

光緒戊申，風雨如晦，彷彿後主以血書之者：「四十年來家國，三千里地山河。」靜安先生其時其地，一切自能通感，赤子同懷。

熱眼看着一座城市破碎，亦可作如是觀耶？

二、

靜安先生是人間先生，當年羅振玉修書，愛以「人間先生」相稱，《羅振玉王國維往來書信》中曾附羅繼祖按語云：「王先生詞中好用『人間』字，故公戲以『人間』呼之，嘗為製『人間』兩字小印。」

靜安先生執意人間，情繫人間，直抵不能不死的五十之年，既有《人間詞》，復有《人間詞話》。

《人間詞話》裏張揚的境界說，恆在可解與不可解之間，蓋靜安先生不愛張揚，只管信手引詞譬喻，不願為「境界」下一解語，遂惹得自認解人者各逞其說，甚或郢書燕說，董先生在《讀書便佳》裏略略看不過眼，直謂「從來覺得《人間詞話》說的『境界』不外是英文慣用的 taste」。董先生此議清通，可備一說。然而，語及靜安先生三種境界說，則層層遞進，似非 taste 所能曲盡。

我耳目不靈，近來才得親近一番舊說，此說緣於蒲菁《人間詞話補箋》，余孤陋，未識蒲菁身世，但蒲氏與吳芳吉相熟，而吳氏更與靜安先生有當面請益之雅，《補箋》如是云：「江津吳碧柳芳吉囊教於西北大學，某舉此節（即《詞話》第二則三種境界之說）問之，碧柳未能對。嗣入都因請於先生。先生謂第一境即所謂世無明王，棲棲皇皇者；第二境是『知其不可而為之』；第三境非『歸與歸與』之嘆與？」

這一番話其來源非常轉折，誠所謂 multiple-hearsay 者，即蒲氏從吳芳吉處聽來靜安先生的話，恭而錄之，而靜安先生此段低眉語，語語都是孔門聖訓。先是世無明君，故棲棲皇皇，然後是《論語．憲問》裏的一番對答：「子路宿於石門。晨門曰：『奚自？』子路曰：『自孔氏。』曰：『是知其不可而為之者與？』」

說的幾是人間曾賦希望的「一國兩制」？

三、

靜安先生三種境界說其實從來不囿於詞學文章，其言曰：「古今之成大事業、大學問者，罔不經過三種之境界：『昨夜西風凋碧樹。獨上高樓，望盡天涯路。』……『衣帶漸寬終不悔，為伊消得人憔悴。』……『眾裏尋他千百度，驀然回首，那人正在，燈火闌珊處。』」引以為喻的是晏殊、歐陽修和辛棄疾。

徐復觀先生為我們解得明白，謂第一境是望道未見，奮力追求；第二境指追求中發憤忘食，廢寢忘餐；第三境是豁然開朗，如願以償。

「一國兩制」是大學問大事業，那麼移用三種境界說以述之亦恕不為過吧？既然靜安先生未嘗引二主詞以喻三種境界，今請試以二主詞明之：

第一境：一九九七年始，去殖歸中，一切忐忐忑忑，疑中留情者，或如後主《望江梅》，詞曰：「閒夢遠，南國正芳春。船上管弦江面綠，滿城飛絮滾輕塵。忙殺看花人。」不敢留情者，即如後主《子夜歌》：「人生愁恨何能免，銷魂獨我情何限。故國夢重歸，覺來雙淚垂。」

第二境：九七以後直抵政改食言又無望，一言難盡，佳人去後，滿園孤芳，則似後主《烏夜啼》，詞曰：「林花謝了春紅，太匆匆。常恨朝來寒雨晚來風。胭脂淚，留人醉。」

第三境：雨傘運動後，共和國已不假辭色，儼如中主李璟一闋《浣溪沙》，詞曰：「菡萏香銷翠葉殘，西風愁起綠波間。還與韶光共憔悴，不堪看。」

今夜階前南京雲淡雨疏，靜安先生或會趁此光景低吟一遍其《蝶戀花》：「黯淡燈花開又落。此夜雲蹤，終向誰邊着？」我城人仔人間同聲一問焉。

《信報 • 北狩錄》 二〇一七年五月八至十、十五日

金陵刻經處

那天小雲雀為我銜來南京古籍書店地址，我便按圖索驥，一心尋寶。還未訪得古籍書店之際，居然不期而遇，遇上金陵刻經處。粉牆黛瓦，曲苑深庭，彷佛盈盈一揖，在南京市淮海路上繪出一隅明淨的花邊，沒有香火，惟有心香。可我是俗人，未許進入，惟在門邊窺伺，緣緣佛意。

許許多多年前讀魯迅據日本翻刻高麗寶永己丑本所校《百喻經》，循至卷末，見如此一段因緣：「會稽周樹人施洋銀六十圓，敬刻此經，連圈計字二萬一千零八十一個，印送功德書一百本，餘貲六圓，撥刻《地藏十輪經》。民國三年秋九月，金陵刻經處識。」方知印經書也有個合十虔敬的由來故事，此後每逢有緣翻閱刻本佛經，總愛展卷一至書末，看看是否源自金陵刻經處。

剛寫過豐子愷譯《大乘起信論新釋》，手邊的一卷唐代實叉難陀法師漢譯《起信論》即金陵刻經處所刻，其版雕於光緒二十四年夏，即一八九八，歲次風雲戊戌，一番洗清秋。

是時也，「漸霜風淒慘，關河冷落，殘照當樓。」

那年夏天六君子幹的是殺頭的事，此中譚嗣同是舉業外的讀書人，殺頭前發憤寫成《仁學》，時在金陵，受教於楊文會。梁任公《譚嗣同傳》上說：「（嗣同）金陵之一年，日夜冥搜孔、佛之書，金陵有居士楊文會者，博覽教乘，熟於佛故，以流通經典為己任。君時時與之游，因得遍窺三藏，所得日益精深。」

楊文會，字仁山，一八六六年於南京創設金陵刻經處，以廣搜佛經廣刻佛經為己任，且藉刻經以論學，為近代佛學復興的大人物。據說，楊文會年輕時因家事不得寧靜，整日價在西湖邊上魂遊，偶見書攤上有一佛書，採之入懷，誦之入迷，遂以精研佛學以終身，那卷佛書叫《大乘起信論》。

仁山先生因《大乘起信論》而萌生學佛之志，我是從楊氏孫女楊步偉的自傳中讀到。楊小姐習醫，舊時代的新女性，夫君是趙元任，長女是有名的哈佛音樂學家趙如蘭。楊步偉的自傳叫《一個女人的自傳》，但最早出版的卻是趙元任為妻而作的跳脱英譯《Autobiography of a Chinese Woman》，一九四七年美國John Day出品，原因竟是那年月偌大美利堅據説找不到中文鉛字印模，譯成英文倒省事（really?）。中文原著卻是二十多年後始在台灣問世，一切曲曲折折。我對照過中英文版上説爺爺楊文會的一章，文字故事在細微處俱頗有不同，例如中文版説的是《大乘起信論》，英文版卻變成《Leng Yen Ching》，應是《楞嚴經》了，但只説楊文會看經看得入神，quite forgetting where he was，絲毫沒有中文版上的激情懸念：「他就大看而特看（《起信論》）起來了，自己就想研究佛學以了終生。」

歐陽竟無曾隨楊文會學佛，乃師歿後，踵繼其志，續主持金陵刻經處，並為先生作《楊仁山居士傳》，傳云：「居士喜奇書，有老尼贈以《金剛》，發逆亂（當指太平天國事）甫定，於皖肆得《起信》、《維摩》、《楞嚴》，循環研索，大暢厥心。因而遍覓經論，又卒不一獲，於是發憤而起……創金陵刻經處於南京。」這裏《起信論》跟《楞嚴經》一網打盡，但得書地點又從杭州西湖轉成安徽了，彷彿傳奇故事，總要人言人略殊。

去年南京申賦漁寫了本《楊仁山與金陵刻經處》劇本，以志刻經處創設一百五十年，不知拍成了沒有，我隨手翻看，寫得文青般 sentimental，視角卻是楊步偉的一雙杏眼，仰望仰止。書中收有多幀刻經處低眉靜穆照，望之清涼。那天我在刻經處門外，不能入，徘徊不忍去，天雖熱，人清涼。

《信報 • 北狩錄》 二〇一七年五月二十九、三十一日

一天風雨洗寒雲

六月無霜，酷熱人間，宜幻象。為官學人在特府二十週年成人禮之際，侃侃而談人間幻象，若不以人廢言，倒見幾許真象真相。然而，我們焉能不以人廢言？正是胸無學術客觀精神之輩，因權傾權，今朝說的幾分人話和道理，不算心跡，只是代傳的話兒，彷彿既是 the fiction of fact，也是 the perversion of truth 了。

這陣子亦風亦雨，更能消，幾番風雨？莫非真箇「長門事，準擬佳期又誤。蛾眉曾有人妒」？

辛棄疾《摸魚兒》語及司馬相如《長門賦》本事，我案頭上剛有新獲景印本《宋尤袤刻本文選》，卷十六即見相如此賦並序：「孝武皇帝陳皇后時得幸，頗妒。別在長門宮，愁悶悲思。聞蜀郡成都司馬相如天下工為文，奉黃金百斤為相如、文君取酒，因於解悲愁之辭。而相如為文以悟上，陳皇后復得親幸。」

然而，按諸史乘，《漢書．外戚傳》上一無記載獻賦悟君之事，惟見陳皇后幽囚長門，餘生未獲君王復幸。

司馬相如誠以幻象入賦，辛棄疾千載而下復暗暗惋惜幻象未能成真，低頭嘆息「佳期又誤」！

五十年本是佳期，二十年來卻是命數。

風雨中不讀《摸魚兒》，轉吟袁二公子婉諷乃父稱帝詩：「絕憐高處多風雨，莫到瓊樓最上層。」窗欞外，果然風雨如歌。

袁克文為袁世凱次子，自是袁二公子，董先生二〇〇五年十月十六日寫《公子》一篇，後收入《故事》裏，寫的自是袁二公子的王孫故事，我從來讀得心激心動。我更愛公子爺自號「寒雲」，據說因得宋人王晉卿一幅《蜀道寒雲圖》而喜形於號。此圖雖曾入藏寒雲公子之手，然公子早歿，得年四十二，寒雲歿後，《寒雲圖》不知所終。

袁世凱稱帝，成與不成，終是史上的逆流奸惡；袁二公子寒雲倒是民國亂世中的永恆世子皇孫，其故不在跟乃父的血脈牽連，卻在骨子裏清貴嫵媚的閒人癡心，我姑名之曰 obsessive decadence，總是逝去的花樣年華，我們今天尚能看到的已是冷石刻成的墓誌銘了。Evelyn Waugh 一九六四年為《Sword of Honour》定本自序，有一句話憶及寫作 Brideshead Revisited 的初衷：「When I wrote Brideshead Revisited I was consciously writing an obituary of the doomed English upper class.」東風西風，不倫不類，但我讀着總要想起袁二公子一輩的 aristocratic literati，涼風有信。

袁寒雲是二公子也是終生皇二子。當日袁項城稱帝，寒雲遭兄弟猜忌，殺機四伏，寒雲「遂陳於先公，乞如清冊皇子例，授為皇二子，以釋疑者之猜慮」。蓋皇二子不是儲君，一閒人耳！寒雲遂有「二皇子」及「上第二子」之印，「疑者見文鈐『皇二子』印，笑曰：『無大志也，焉用忌！』」無大志者是閒人，閒人留得性命，笑傲江湖，獵書訪書蓄書讀書，洵近世藏書大家，雖聚散有時，然而風雲不滅。倫明《辛亥以來藏書記事詩》第九十四條詠的是寒雲：「一時俊物走權家，容易歸他又叛他。開卷赫然皇二子，世間何事不曇花？」其註曰：「項城敗後，（藏書）隨即星散大半……諸書冊首，皆鈐『皇二子』印章。」此中有實有不實。

袁項城樹倒於一九一六年，寒雲誠是資財漸絀，然王子霖先生留有孤本《寒雲日記》摘鈔，中記一九一五至一九一八年間公子獵書事甚詳，足見是時寒雲尚未散書。而寒雲所藏書，冊頁所鈐印豈只是「皇二子」章，尚有「寒雲如意」、「寒雲心賞」、「寒雲主人」，我倒獨賞明淨「寒雲」二字。

讀袁寒雲《辛丙秘苑》，所記即辛亥（一九一一）至丙辰（一九一五）年間事，亦為袁項城由民國大總統至洪憲皇帝間之秘聞，然寒雲於乃父極多迴護，甚至逆流稱帝之舉，亦諉過於乃兄克定私慾登極之野心，是私乘不是史乘。

亦嘗讀《寒雲詞》，也是公子的張伯駒曾為故人作序，許之曰：「寒雲詞跌宕風流，自發天籟，如太原公子不修邊幅而自豪，洛川神女不假鉛華而自麗。」集中頗多追憶追悔「十年一覺揚州夢」之作，可我讀的一卷是簡體字排印本，減了幽恨，少了風流，難言歡喜。某年在琉璃廠中國書店海王邨舖，許是二公子從前愛逛之地，我偶得一函三冊景印本《寒雲日記》，第三冊其實是公子寶愛的《寒雲皕宋書藏善本提要》，書前有公子老師方爾謙題記，云：「寒雲既鬻所藏宋本，一日，攜此冊付我，相與太息，有蒙叟揮淚別《漢書》景象。」「蒙叟」是錢謙益，說的是錢氏出售所藏宋刻《漢書》的無語心事，心有戚戚焉。

然而，《提要》雖是寒雲真跡，但筆墨殊艸艸，不似我偶然拜賞過的皇二子手澤。匆匆又數年，近日風雨中幸獲內地李紅英費十餘年工夫孜孜勒成《寒雲藏書題跋輯釋》兩大卷，內收公子爺善本題跋八十四篇，真跡影真，字字丰神，筆筆逝者如斯夫，跋尾多署「寒雲」二字，偶亦作「棘人克文」。「棘人」者，居父母之喪也，寒雲《洹上私乘．自述》記丙辰一年之中先後父母雙亡，故謂：「彌天之痛，一歲而兩丁之，心摧腸崩而生氣盡矣。」十年後歲次丙寅，《寒雲日記》是年正月初一條云：「自今歲始，為人作書咸改署別字『寒雲一人』。」丙寅是一九二六年，那年月寒雲已在散書，焉得不剩孤單一人？

《信報．北狩錄》二〇一七年六月十九至二十一日

康生曉夢迷蝴蝶

見報上標題「俞平伯舊藏　康生文革霸佔」，下邊是粗體「程甲本《紅樓夢》二千四百萬成交」。依上文推下理，我自作聰明，以為俞平伯難中失寶的一套「程甲本」又見江湖。本來嘉德所拍古籍善本金石碑帖種種，我拿得下的只會是一份圖錄，望梅影而略止渴，餘者干我底事？然而，我分明記得俞平伯失寶「程甲本」已於二〇〇三年嘉德春拍成交，價僅十八萬人仔，欣然得之者是大藏書人韋力先生，且曾為文記文，今收入先生集子《失書記》中，文中最引人入勝者是錄有俞平伯文革劫後重見此「程甲本」的一段題記，彷彿不為外人道，卻莫道不銷魂，記曰：「《紅樓夢》最初只有抄本八十回，後有百二十回。清乾隆時，程偉元始以活字排印，其第一次，今稱『程甲』，為是書最早的刊本。是為程甲殘本，凡六冊，存首三十回，原有周氏家藏印，不知何人。於五十年代余治紅樓夢，西諦兄惠贈，後鈐衡芷館圖記。及丙午家難，並書而失之，遂輾轉入他人手，予初不知也。今其圖記尚在，閱二十載而始發還，開卷悵然。爰屬孫女華棟為鈐新印以志經過，並留他年憶念之資云。乙丑夏四月信天翁識於京都，時年八十有七。」

乙丑即一九八五年，嘗檢孫玉蓉《俞平伯年譜》，見是年中未繫此記，惟五月二十四日條下云：「致孫女華棟信，囑她將發還的《紅樓夢》六冊帶來看看。」若非韋力先生大德，珍文共賞，我們又焉得略知當時故事？記中「丙午家難」，即一九六六年文革國難，「丙午」從此是別有所指的國民心事，楊絳的一卷小書不就叫《從丙午到流亡》？

平伯記中語出淡然，惟說「入他人手，予初不知也」。後來知道此「他人」為誰，卻賤之，故不及其名了。

那「他人」是康生。「賤之，故不及其名」是從前一位友人授我，初說出自《左傳》，然而書上其實沒有這一句，當是友人意會自左丘明者，我常奉行不渝，故小欄從不及於特府首腦姓甚名那誰！平伯不及康生之名，除了賤之，可還有甚因由？

我想起 Macbeth 裏馬克白眾叛親離，孤身在宮中負隅頑抗，走進來的是起兵勤王的 Young Siward，逕問其名，馬克白昂然吐出：My name's Macbeth！

Young Siward 答曰：The devil himself could not pronounce a title more hateful to mine ears。Macbeth 接道：No, nor more fearful。Hateful 與 Fearful 在經歷丙午家難的

過來人眼中心上，會否也是一步一腳印，鬼魅般如影隨形？

康生當然是鬼魅，其「圖記常在」的「程甲本」二十年後復歸於平伯之手，正是來回地獄又折返人間。二〇〇三年韋力先生從嘉德壇上拿下，今天應尚供於先生芷蘭齋中，不會輕易亮出來吧。剛以二千四百萬人仔成交的「程甲本」共百二十回，四函三十二冊，該是足本，雖云也屬康生舊藏，卻不是鄭西諦贈於平伯的那部風月殘本了。原來康生所藏所據的「程甲本」從來又豈止一本？

有說康生是雅賊是文盜，我以為那是為鬼魅畫人皮，我還是喜歡John Byron和Robert Pack的爽直說法：Theft！

Byron和Pack四分一世紀前寫過一本康生傳記，出版社是Simon & Schuster，書題匪短，頗招眼球，更是縮龍成寸：《The Claws of the Dragon: Kang Sheng - The Evil Genius behind Mao - and his Legacy of Terror in People's China》！書上說，據當年中央文物局登記，自一九六八至一九七二年間康生一個人便拿走了一萬二千多冊抄家抄來的珍本善本書，盜書而有記錄，難怪作者嘆謂：Kang's thefts of artwork were quasi-bureaucratic。

康生嘗自署「魯赤水」，分明要跟齊白石過不去。當然康生祖籍山東，自然是魯男子，而一生自莫斯科以至延安，俱站妥站穩紅旗的好一邊，趕的果然是一趟赤水。然而，嗜藏巧取豪奪而來的「程甲本」倒不應是為了政治正確的顏色，該是陳舊文人的不治之癖吧。可不是嗎？清世那首《京師竹枝詞》即笑謂：「開口不談紅樓夢，盡讀詩書也枉然。」

平伯是詩禮歷代的公子，曾祖父是清末大儒俞樾曲園老人，既寫《群經評議》，閒來也作《茶香室叢鈔》；父親俞陛雲是戊戌科探花及第，誠末代進士，幾乎可一不可再。平伯自是盡讀詩書，自也是愛談《紅樓夢》。前天引過平伯劫後得書題記，中有「於五十年代余治紅樓夢」云云，那許是故作狡獪耳！早在一九二一年，平伯已寫有《與顧頡剛討論紅樓夢的通訊》，越二年，即一九二三年四月上海亞東圖書館便刊行了平伯三卷七十二篇《紅樓夢辨》，書前《引論》謂：「一九二〇年，偕孟真在歐行船上，方始劇談《紅樓夢》，熟讀《紅樓夢》。這書竟做了我們倆海天中的伴侶。」孟真是傅斯年，往後好像少談《紅樓夢》，當年跟平伯一同浮海遠赴倫敦念書，孟真在UCL念心理學，然惟聞平伯往經濟學院索取章程一份，一切語焉不詳，那經濟學院會否即LSE？然而，許是平伯思鄉情太切，十三日後，即乘日本郵輪歸國，儼然乘興而來，乘興而返。

可是平伯於《紅樓夢》卻不是興來興去，惟一往情深，一九五二年已然天地色變，平伯還在幽治《紅樓夢》，孜孜將少作《紅樓夢辨》增刪成三卷十六篇，名曰《紅樓夢研究》，同年任職北大文學研究所，校勘將負盛名的《紅樓夢八十回校本》，那是另一場風暴的楔子，一切還待續。

正是：「左右朱門雙列戟，教人怎看畫紅樓。」紅樓是玉蝴蝶。

《信報 • 北狩錄》 二○一七年六月二十六至二十八日

濕身女郎魚玄機

惱人天氣，從不傷春，更不悲秋，只恨綿綿無盡期的夏日淫雨。一天，鐘點阿姨從樓上哭着臉喚我：「早叫你放好牆邊書，而今整堵破牆滲水滲雨，書亦早早哭成位位淚人，奈何？」淚人原來過百，多是二三十年前所蒐集者，早已少有摩挲，誠然束諸高閣，彷彿不識君主到老時的冷宮佳人。噢，我是昏君，毀了書樓上的一簾幽夢。

淚人中竟有唐女郎魚玄機，冷笑道：「易求無價寶，難得有情郎。」

我翻開一九八四年十一月二十三日自洗衣街新亞書店處蒐來的陳文華校註《唐女詩人集三種》，上海古籍出版社，一九八四年，正體豎排，價四元五角，盈掌的一卷，攤開掌心，會舞會飛。然而，今天書沿已受水漬，亦霉亦黑，蒼老了，不關歲月，只為我昏闇，我情薄。玄機早知男人靠不住，不必靠，筆下《贈鄰女》冷豔懶豔。

羞日遮羅袖，愁春懶起妝；
易求無價寶，難得有情郎。

枕上潛垂淚，花間暗斷腸；

自能窺宋玉，何必恨王昌。

我從來奇怪，玄機一介女子，卻於辛文房《唐才子傳》中有小傳一截，略云：「玄機，長安人，女道士也。性聰慧，好讀書，尤工韻調，情致繁縟……觀其志意激切，使為一男子，必有用之才。」那誠是辛氏因激賞而萌生的惋惜，為伊立傳，猶期賞音也。然而《唐才子傳》或囿於史料，或礙於史筆，未見玄機精神，怎生及得八四當年我城方令正所導的一齣冶豔風流《唐朝豪放女》？一九八四從不簡單，既是Orwell的夢魘心事，也是我城前途一錘定音的vintage year，那年還有夏文汐小姐的魚玄機。

小姐演的玄機跟伊在《烈火青春》裏演的Kathy一般，喜歡泅水，喜歡濕身。Kathy是無端在水裏給外星來的日本赤軍肥妹橫刀奪命，血海飄香；《唐朝豪放女》中玄機一身道服，跟溫庭筠諸公子在海邊把酒聯詩，狎玩冶遊，忽爾寂寞，脱下道袍，赤身悠悠走進晨光裏綠水中，一步不留一腳印，看得溫庭筠眼傻了。我自然歡喜這一章，溫公子也必然喜歡這一幕，大概他還能熟誦玄機寫給他的《寄飛卿》：

月中鄰樂響，樓上遠山明。
珍簟涼風着，瑤琴寄恨生。

那是回望過去八十年代我城的美好時光，自知有漢，也論魏晉，然而飛揚跋扈為誰雄，一切俱是發哥的《英雄本色》——*A Better Tomorrow*。

我不是無可救藥的 nostalgic，只是從八十年代長大過來，看過《烈火青春》，看過《唐朝豪放女》，看過我城不羈放縱愛自由的一頁人文風景，怎生愛得慣頁頁整齊大業建軍的今天？真箇又悶又熱。

那些年也有夏天，但玄機夏日幽居，一片風涼：

軒檻暗傳深竹徑，綺羅長擁亂書堆。
閒乘畫舫吟明月，信任輕風吹卻回。

玄機傳世的詩集叫《唐女郎魚玄機詩》，直呼其名，更無隱諱，女郎一介，沒有官銜，沒有謚號，跟《杜工部集》、《歐陽文忠公文集》一類的集名大異其趣，裸體得很，是脫了道袍走進了水中央的一個模樣，玄機笑了。可惜後世總有和諧人士，如清人沈綺雲，怕了玄機不羈，硬將伊人跟薛濤、楊太后和孫淑幾位拉在一起，湊刻成《四婦人集》，那是強披在玄機素體上的閨閣衣裳了。

玄機詩近世獨行者，最有名的版本是袁寒雲袁二公子收的一部，即南宋臨安府棚北睦親坊南陳宅書籍鋪刻本，當天袁公子在日記裏眉花眼笑，嘗謂「此人間尤物」也。嘗檢《寒雲日記》，袁公子寒雲得意得書當日為丙辰年（一九一六）九月二十九日，是日記云：「葆奇師為自湖南以千金購得宋書棚本《唐女郎魚玄機詩》一卷，凡十二葉，半葉十行，行十八字，白羅紋紙。」其後詳列書尾諸家題跋，計有朱承爵、黃蕘圃、徐渭仁等，幾乎是亮麗的一張近世藏書大家名帖，風風雲雲，難怪袁公子一揖拜倒：「此人間之尤物也。」

袁公子按捺不住，即在書上揮毫題詩一首，詩云：「吟身豔女郎，小集秘巾箱……幽魂埋宛委，倩影壓縹緗。十二烏闌側，長留字字香。」

這首五律細細擠寫在歷來題詠之間，極容易錯過，尚幸我新近收得袁公子此本玄機詩景真本一卷，可從容縱目終日，神馳豪放唐朝，方才仔細看得出來。此卷《唐女郎魚玄機詩》輕薄若蟬翼，墨香紙更香，一半是玄機詩，一半是各位公子的賞花題跋，既誌圖書流傳曲折，更多的是跟宋本跟玄機的靈魂探戈，雖然只是千元不到的 work of art in the age of mechanical reproduction，可我不單不以為她的藝術 aura 竟曾稍減，更自遐想走進袁公子的一園雅集，紙扇輕搖，紅袖添香，看書亦看人，垂首低眉俱是詩。

《Midnight in Paris》，我們都願跟 Owen Wilson 一起跳上 T. S. Eliot 駕來的那輛老爺車，一起駛進二十年代 Jean Cocteau 和 Scott Fitzgerald 的 Jazz Age 裏——當然，既在爵士時代，人家又嚮往更早的高庚狄嘉黃金時代吧。今天，我們興許也願回到那漸成 iconic 的八九十年代，一切可不是嗎？只怪眼前種種叫人生氣。

《信報・北狩錄》二〇一七年七月三十一日，八月一及二日

復讎今議

高人馮睎乾在「蘋果樹下」寫〈討河妖文〉，妙文哉！以「河伯娶婦」之無中生有，明笑明寸趕盡「港獨」殺無赦者之無中生毛，況「何」「河」同音，彷彿「殺」「煞」之異字同聲，以彼之道還施彼身，一切都係何執業事務律師教嘅！

當然，河妖不足道，何妖不足訓。然而，馮先生火眼金睛，居然連何家臉書也不放過，揭出有人百度維基，竟拈出「殺無赦」乃出自柳宗元《駁復讎議》，蓋「凡為子者殺無赦」云云，何氏真箇羽扇綸巾，洵洵儒雅喲！但馮先生已點出此非「殺無赦」的初典，初典蓋出於《尚書》《禮記》，柳先生文字源於古典耳。

何氏縉紳人物，不引初典而據後來之文章，必有深意焉。年前隨國文老師稍讀韓柳文，至《桐葉封弟辯》，見於《新刊增廣百家詳補注唐柳先生文》卷四《議辯》類，前一篇恰巧是《駁復讎議》。柳先生文中議論的是其百年前武后之世的一宗血案件判刑，案中殺人者徐元慶，其父為縣尉趙師韞所殺，元慶與趙有不共戴天之仇，忍隱伏櫪，變姓名，為傭役，以待趙，久之，終殺師韞，然後「束身歸罪」，昂然自首。當時諫議大夫陳子昂以元慶殺人，建議誅之，殺無赦，但以其孝烈勤天，故於誅後須旌表其閭墓，以褒其孝義云云，兩全其美，滴水不漏，更將此案列入唐律，永為國典。

百年過後，柳先生力辯之，期期以為不可，獨挑出關鍵處是釐清趙師韞緣何殺元慶之父：「若元慶之父，不陷於公罪，師韞之誅，獨以其私怨，奮其吏氣，虐於非辜，州牧不知罪，刑官不知問，上下蒙冒，籲號不聞；而元慶能以戴天為大恥，枕戈為得禮，處心積慮，以衝仇人之胸，介然自克，即死無憾……」

柳先生之獨見旨在表明，如縣尉趙師韞殺徐父乃出於私仇，而「州牧不知罪，刑官不知問」，則分明是制度性的不公不義 institutional injustice，元慶枕戈復仇，不制於不義制度，方才得雪不共戴天之仇。為父復仇是禮，恥與不義同流是義，故柳先生旋下一斷語云：「是守禮而行義也。執事者宜有慚色，將謝之不暇，又何誅焉？」

元慶既是守禮行義之人，不能殺，何赦焉？在柳先生時代，復仇不是指「彼殺之，我乃殺之」的以眼還眼，那是「不議曲直，暴寡脅弱而已」。合於禮的復仇是消去「禮之所讎也」，那是「蓋以冤抑沉痛，而號無告也，非謂抵罪觸法，陷於大戮。」

元慶殺師韞，既為父昭雪，守禮也；復彰有司刑官之不聞不問，行義也，這不是莫須有的「公民抗命」，而是柳先生時代禮法之內的 self-help remedy with justification，故「元慶能不越禮，服孝死義」！如朝廷對元慶「殺無赦」，則「黷刑壞禮，其不可以為典，明矣」。

至此真相大白啦，有人刻意引《駁復讎議》為「殺無赦」之出處，意在提醒我們：「香港獨立」的討論也是緣於上屆特府縣尉的私仇，而其上的州牧刑官又不知聞問，我城「冤抑沉痛，而號無告也」，因此這議題的討論堪稱達理聞道，「豈其以王法為敵讎者哉？」況我城王法中分明尚有吶喊號告的言論自由，執事者豈能無有慙色？

或問，緣何某氏不引「殺無赦」初典而偏偏迂迴又曲折，笑對曰，陳寅恪先生嘗在《柳如是別傳》上殷殷叮囑：「解釋古典故實，自當引用最初出處，然最初出處，實不足以盡之，更須引其他非最初，而有關者，以補足之，始能通解作者遣辭用意之妙。」

既了然明白何氏不引初典而據後來之典的苦心，更往深處看，其人在台上舞之蹈之，作「殺無赦」狀，又在人前咪前呼嘯殺豬又殺狗，我屈機一算，好像說了將近七遍「殺」字（其實計埋隔籬另一縉紳曾樹和嗰碟嘅），莫非遙遙指涉明末張獻忠所立的那塊不曾存在的「七殺碑」？

記得初中年代在國史課本上的一條註釋上讀到「七殺碑」的故事和碑文，大意是明末群雄群寇蜂起，張獻忠入蜀稱帝，國號大西，改元大順，卻大殺川人，還立碑以志其事，張其理，碑文曰：「天生萬物以養民，民無一德以報天，殺殺殺殺殺殺殺。」彷彿今世縉紳吶喊大會上的壯懷激烈！後來翻《綏寇紀略》及《平寇志》一類野史雜記，詳記獻忠在蜀殺人數目，極盡誇張之能事，如說僅僅獻忠麾下李定國一路，即殺男子九千九百六十萬，女子八千八百萬，各路合計，殺人竟逾數億！奇哉！然而，更奇的是諸書獨不載「七殺碑」事，我甚狐疑，後來讀六十年代中研院史語所專刊《明季流寇始末》，著者李光濤，書上引了一條《懷錄》來的資料，說獻忠當日稱帝，自為聖諭，頒佈天下，諭曰：「天以萬物與人，人無一物與天，鬼神明明，自思自量，刻諸石。」碑文於天命恭謹，自矜自持，深自戒懼，一無流寇浮躁氣息。哎呀，我拍案驚奇，長身而起，原來何氏「殺殺」有聲，貌似重演「七殺碑」故事，實則迂迴引領我們認清碑文原典，要我們留心「鬼神明明」，四圍都係，唔知邊個係神，邊隻係鬼，故一切得細心「自思自量」，否則一如獻忠之敗亡，不日必至，雖嘗自命不凡，終致一敗塗地，慎之慎之。

我不敢妄為何氏發皇心曲，只是有感於其父賜其嘉名必有寄託，試看老杜《奉贈韋左丞丈二十二韻》中兩句：「致君堯舜上，再使風俗淳。」噫！

《信報 • 北狩錄》 二〇一七年九月二十五至二十七日

魯迅還在香港

魯迅不喜歡香港，那是殖民歲月裏的香港，那年是一九二七年，距今恰是九十週年，浮雲太近歷史太遠香港太淺薄，留不住先生太多的足印，尤是那年先生跌傷了腿：「本年一月間我曾去過一回香港，因為跌傷的腳還未全好，不能到街上去閒走，演說一了，匆匆便歸，印象淡薄得很，也早已忘卻了香港了。」

其實先生何止於忘記，更是錯記了，先是錯記了來港的日子，那是一九二七年二月，不是一月啊。然後又錯記了「忘卻了香港」，實情是未有忘卻，只是記得的全是香港的斑斑劣跡，例如在船上遭遇英屬同胞（香港華人？）突擊安檢，有人說：「你生得太瘦了，疑心你是販鴉片的。」先生愕然：「至於為人不可太瘦，則到香港才省悟，先前是夢裏也未曾想到的。」從此先生視香港為「畏途的香港」。

畏途的香港可未敢忘卻了先生，整整九十年後的今天，我城林曼叔君還孜孜的編好了一卷《香港魯迅研究資料滙編：一九二七至一九四九》。書題上的兩個年份自然不必細表，都說四九年後，幸或不幸，中國變成了兩個星球，一邊嚷嚷的將先生捧成了神，一邊狠狠的將先生貶成了匪，惟有兩個星球之間的小小我城和星球之外的恢恢西洋宇宙，方有雅量還先生一個有鬍子沒鬍子的本來面目。將來林君如續有貳編，滙編四九年後的香港魯迅研究文章，其體貌定必更燦然可觀，觀乎林君去年刊出的小書《香港魯迅研究史》，規模粗具，貳編之作也許俟諸來日吧。先生魂在天上，合該垂首露出一抹詭笑，笑笑大半世紀後畏途的香港尚有人仔如此癡心癡頑，竟為他身後多栽一株半株有花無花的薔薇，畢竟先生在《華蓋集・題記》上真真假假的寫過：「深得這夜將盡了，我的生命，至少是一部份的生命已經耗費在寫這些無聊的東西中，而我所獲得的，乃是我自己的靈魂的荒涼和粗糙。」

魯迅於一九二七年來港演講，本來只講一場，第二場的講者原定是先生老友孫伏園，孫沒有來，先生便替下來了。第一講題作《老調子已經唱完》，第二講陰灰灰的叫《無聲的中國》，按先生的己見，演講內容實屬「粗淺平庸」。這兩篇「粗淺平庸」的講稿，我從前讀過，卻已泰半記不起來，只有講題《無聲的中國》五字，殘存腦際，畢竟中國，最少是近代現代的中國，常常無聲，當然除了那一把特別響亮的官方主旋律聲音吧，從龔自珍的「萬馬齊瘖究可哀」到先生的「於無聲處聽驚雷」，直抵更晚近的北島：

「當樹林燃燒／只有那不肯圍攏的石頭／狂吠不已」

尚幸我的記憶沒有表錯情，重讀《資料滙編》中的兩篇講稿，所謂「老調」，原來說的是古人的古文，因國人泰半不識字，不曉得做文章，不懂得說出心裏話，雖然偶有作聲，但卻沒有自己的聲音，「結果也等於無聲」。

先生呼籲：「青年們先可以將中國變成一個有聲的中國，大膽地說話，勇敢地進行，忘掉了一切利害……」那是從文學革命抵於思想解放，繼而訴諸社會改革的行動實踐了，是死水湖上一輪一輪的漣漣漪漪，激盪而有聲。

九十年前講台上說這樣的話，大膽不大膽？據先生說，當時殖民政府便不許報上轉載，故《三閒集‧序》上有如此一段：「這《無聲的中國》，粗淺平庸到這地步，而竟至於驚為『邪說』，禁止在報上登載。是這樣的香港，但現在是這樣的香港幾乎要遍中國了。」先生最後這幾句「這樣的香港」這樣的感喟，居然九十年後離奇地又適用於我城！較諸魯迅，戴老師的話又愛又和平又拖泥帶水，卻竟贏得「戴妖」的封號，專責荼毒青年呢！

然而，先生許是記錯了一點點，幸得《資料滙編》辛勤搜採，原來當年《華僑日報》懶理官府，逕自刊了那篇《無聲的中國》，但文本跟後來收在先生《三閒集》中的居然多有不同。幸得《資料滙編》上窮碧落，搜得民國十六年二月二十日《華僑日報》的一本，我從前未之見也，更欣見文本邊緣綴有「許廣平女士傳譯，黃之棟、劉前度筆記」數語，才訝然想起先生演講說的合該是帶有江浙音調的國語，遂有許小姐的（粵語？）傳譯和黃劉二先生的筆記，忽爾了悟國語中原和南陲粵調的分歧分野，文本的文化的。先生的北調應怕見香港的南腔，如我上文引的一段先生呼籲青年人一改無聲的中國為有聲的壯語，竟不見於黃劉二君的筆錄，換了人間，倒成了「做文學應該忘記外界的一切利害，而成一時代的新物……」云云，將一切限於文章遊藝，暫緩了思想的解放和社會的改革，是手民之異樣還是那些年殖民歲月的自我審查？

一切玄奧，幸有林君於《香港魯迅研究史》上引了一封黃之棟一九三九年的信函，其言曰：「魯迅先生時寄寓青年會中，弟與劉前度先生對兩次演講都有筆記，登諸翌日之《華僑日報》，及魯迅先生抵廣州，各刊物多有論及筆記中的錯誤，但弟十年來未提出聲辯，因即有錯誤，責非劉先生及弟所敢擔負，因弟與劉先生當時實不諳國語，係由轉譯筆記……」噢，那麼黃君未有說破的該是先生收在《三閒集》中的《無聲的中國》是後來有聲無聲的修訂文本好了。

沒有哪一本較哪一本 authentic，只有哪一本是哪一刻當下的心事心情，一切還是月色。千江有水千江月，我城照見的魯迅多年來別有不同。

在《資料滙編》中，收有蕭紅在港蕭然一身的回憶，憶起先生在上海叫伊多吃：「人瘦了，這樣瘦是不成的，要多吃點。」我總疑心先生記起一九二七年過港時，給人冤枉太瘦了，像一個鴉片鬼。

《信報 • 北狩錄》二〇一七年十一月二十七至二十九日

昨夜西風凋碧樹

一、

清華大學挑了二〇一七年歲末最末日趕緊辦起「王國維紀念展」，題曰「獨上高樓」，以誌先生誕辰一百四十週年，未說明也不必說明的是，是年也是先生自沉頤和園昆明湖九十週年，生與死是一對對子，一八七七與一九二七，果然「五十之年，只欠一死」。

我頗愛主事人獨挑「獨上高樓」四字以顏展覽，「昨夜西風凋碧樹，獨上高樓，望盡天涯路」幾句是先生《人間詞話》「境界說」中的第一境，童稚知之，不必細表，但我更喜歡先生在《詞話》中另一處的引喻：「『我瞻四方，蹙蹙靡所騁』，詩人之憂生也；『昨夜西風……望盡天涯路』似之。」蓋先生以詩人心智以治學問，憂生而尋死，其事於我可愛極了。少年時國文老師囑我讀《宋元戲曲考》及《詞話》，我略嫌《戲曲考》語多考證及目錄之學，行文不行雲，而《詞話》則是寫給懂詞好詞者觀賞，讀者胸中非嫺熟三兩百首名家大家詩詞不為功，若意蘊不熟，吟味殊寡，讀《詞話》一定不爽不過癮，我那些年沒有境界，不懂境界，過不了把癮，惟有挑好聽的句子背背誦誦而已。越一二年，鄉試在即，國文老師送我他剛讀完的一小卷蕭艾《王國維評傳》，我隨意瀏覽，竟見觀堂年輕時愛讀的是尼采與叔本華，後更自沉以終，一切存在主義得很。我那時已看過台灣新潮文庫中譯松浪信三郎《存在主義》，自然聽過卡繆在《西詩弗神話》開端處說的那一番驚人語：「唯一真正嚴肅的哲學問題是為甚麼你不去死？」觀堂先生自然想過，憂生自必憫死，尤是自尋之死，那是屈子千年以下傳下來的滴血湘纍，九十一年前五月初二日卻在昆明湖中濃濃化開。

先生遺囑石印本，今天復歸清華，我在清華藝術博物館中端詳了好一會。先生以「五十之年，只欠一死」八字以啟其遺書，從前在書上看過，好像是先生歿後不久刊行的《國學季刊．王觀堂紀念專號》中翻印的照片，今天在清華藝術博物館中親近的是鈴木虎雄原藏的石印本，輾轉託於我城翰墨軒主人許禮平先生，許先生不吝，慨贈予水木清華。許先生付予清華者尚有遺書封套、訃聞、輓詩謝啟、帛金謝啟及先生遺照，其釋文及此中流傳故事，許先生已在蘋果樹下及《上海書評》上寫過切身文章，公諸同好焉。

二、

觀堂先生不以筆墨名世，其字看不出魏碑晉草，卻是一筆筆文人字，連臨死前寫的遺書都那麼斯文從容——他那一刻在記掛甚麼？

除文稿書信外，先生為人題寫者殊不多見，展覽中有一幅為朱自清所作詩軸，月前在又一城大學中展過，另有難得一見的兩張扇面，一為羅子敬書，一為羅君楚書元微之《楚歌十首之七》，前一位是羅振玉弟，後一位是羅振玉三子，俱見羅王二家殊親近。

微之《楚歌十首之七》開端處苦吟：「梁業雄圖盡，遺孫世運消。宣明徒有號，江漢不相朝。」寫的是後梁蕭氏一脈，卻處處盡見愛新覺羅氏的潰崩，也是先生自身經歷的世運，難怪辛亥以後，先生不得不去國東渡，跟羅振玉喬居京都，然而其間作的還是古典的學問，自古文字至上古史，旅中所成《殷卜辭中所見先公先王考》及《續考》即以甲骨文字坐實《史記．殷本紀》世系，誠屬廣義的「凡一代有一代之文學」。治學之餘，先生跟京都一派漢學家如神田喜一郎、內藤湖南、狩野直喜及鈴木虎雄諸氏時相往還，更多有題詩錄詩墨寶。先生自沉後一年，東瀛友輩即採集各人所藏先生信札及詩文墨寶，珂羅版寫真行世，名曰《觀堂遺墨》，惟友儕間流傳，人間罕見，悻悻。去歲末，中華書局為先生壽，竟大德景印發行，無量功德。

三、

靜安先生之死由當年聚訟紛紜迄今人莫不以陳先生「獨立之精神，自由之思想」眾口交譽，足見知人論世之「有時而不彰」，或「有時而可商」。今天京城呵氣生煙，卻不是風雪大寒，我走到清華王觀堂先生紀念碑前小坐，吃一口雜錦三文治，念着眼前銘文「思想而不自由，無寧死矣……先生一死以見其獨立自由之思想」。多年來總覺得前二句跟後一句之間或有阻隔，事關靜安先生自沉以終，絕對自由意志，只要細細複讀其《靜安文集》中少作如〈叔本華與尼采〉、〈論哲學家與美術家之天職〉、〈人間嗜好之研究〉及〈屈子文學之精神〉諸篇，自能窺見其間隱隱然有自絕自盡以完成此生悲劇喜劇的素衷。雖然靜安先生這股少年心性後來已不見於《觀堂集林》之間，可我疑心一切只是隱而未嘗寂滅，故先生自投昆明湖魚藻軒，當日似非「思想而不自由」之故，許是恰恰相反，其翩然自若，適然自處，倒彰彰於其遺書墨瀋之上。若謂余妄議，那倒當作是我的自由偏見好了，先生莫笑。

由清華園轉至頤和園昆明湖，望眼晴天，一湖冰雪，早沒有供人投湖的弱水，卻有任人放心步履的堅霜，遊人嘻笑，湖上靜安。我踢踏走在湖上，彷彿流風回雪，莫名興奮，聽不到冰下湖水的幽咽。「五十之年，只欠一死」，那就容我暫且拖欠一下吧，況頭上有紙鳶自由，小雲雀歌唱，且莫管那凋了碧樹的西風。

靜安先生《苕華詞》中有調寄《菩薩蠻》者，作於一九〇七年初冬，天氣應跟今天差不多吧，我笑笑：

「歸路有餘狂，天街宵踏霜。」

《信報 • 北狩錄》 二〇一八年一月十五至十七日

論再生緣書後又書後

書海是迷魂陣，是 labyrinth；書書相互叩鳴和應，漣漣漪漪，時而 duet，時而 concerto；書緣是故事。

先有乾隆之世薄命才女陳端生寫彈詞小說《再生緣》，迄上世紀五十年代中，物非人非而有陳寅恪先生因讀《再生緣》而寫《論再生緣》：

「寅恪少喜讀小説，雖至鄙陋者亦取寓目。獨彈詞七字唱之體則略知其內容大意後，輒棄去不復觀覽……中歲以後，研治元白長慶體詩，窮其流變，廣涉唐五代俗講之文，於彈詞七字唱之體，益復有所心會。衰年病目，廢書不觀，惟聽讀小説消日，偶至再生緣一書……」

「偶至」云云，雲淡風輕，是寫實耶？抑抒懷耶？

越數年，即一九五八年，余英時先生人在哈佛，「偶自友人處借得海外油印本陳寅恪先生《論再生緣》一書」，一夕讀竟，猛然有所會心，「引起精神上的極大震盪」，撰成《陳寅恪〈論再生緣〉書後》，刊於是年十二月號香港《人生》雜誌上，從此開啟了一段余先生陳先生「後世相知或有緣」的故事，於今剛好是一個甲子，有情無情，無涯有涯。

近日一位賢妹遠飛普林斯頓，拜訪余先生，我乘機央得賢妹為我帶去余先生書二冊，恭請暨荷索題簽，略還心願。此時也，一位友人居然送我一冊香港友聯版《論再生緣》，一九七〇年八月再版本，品相無恙。我從未收得此卷單行本，賁夜翻着翻着，歡喜歡喜，偶翻至頁六十九，見陳先生引《再生緣》第玖卷第叁叁回，首節略云：「這正是，光陰如駿馬加鞭，人事似落花流水。轉眼中秋月已殘，金風爭似朔風寒……欲着幽情無着處，從容還續《再生緣》。」

不算是「興亡還恨」，只算是流水落花春去也，陳先生在天上，余先生從容安好人間。

那年月初讀余先生《書後》，讀的版本是收在時報初版《陳寅恪晚年詩文釋證》的那篇，已是文章刊於《人生》雜誌後的二十多年。那時除了陳先生的詩存，沒看過多少陳先生的書，還沒有讀過《論再生緣》，因此讀《書後》之際，總覺得看到聽到的俱是余先生語，那時最愛讀余先生《歷史與思想》，深知史學大家貴乎曲徑通幽的empathy，如影隨人。隔世相知，豈屬偶然？

《論再生緣》中陳先生明明道出這種 empathy：「寅恪讀《再生緣》，自謂頗能識作者之用心，非泛引杜句，以虛詞讚美也。」余先生在《書後》引過此節，旋下一轉語，自註云：「今英時草此文亦猶先生之意也！」

《論再生緣》用心着意處，昭昭明甚，讀者絕難錯過，然而，我多年來總有一問：《論再生緣》於陳先生著作中應屬文義顯豁的一部，不比先生詩存，滿滿乎古典今典，暗碼雲端，故我略疑其文體文意間（尤是後半截綜論《再生緣》之思想、結構與文詞），果尚有剩言餘義，堪可觸發余先生的知音知言？

初讀陳先生《論再生緣》，乃收於《寒柳堂集》卷首者，較諸香港友聯版已多出了長長的一篇〈論再生緣校補記〉，還有寫於一九六四年卻敢笑傲江湖的〈論再生緣校補記後序〉，其前半截略云：「論再生緣一文乃頹齡戲筆，疏誤可笑。然傳播中外，議論紛紜。因而發見新材料，有為前所未知者，自應補正。茲輯為一編，附載簡末，亦可別行。至於原文，悉仍其舊，不復改易，蓋以存著作之初旨也。」陳先生文中「初旨」約有二端，既是自傷亦是傷世，先是「至若『禪機蚤悟』，俗累終牽，以至暮齒無成，如寅恪今日者，更何足道哉！」；繼是「再生緣一書，在彈詞體中，所以獨勝者，實由於端生之自由活潑思想，能運用其對偶韻律之詞語，有以致之也。故無自由之思想，則無優美之文學，舉此一例，可概其餘。」那是「獨立之精神，自由之思想」的另一變奏。余先生《書後》更出機杼的是：「今英時不辭譏罵，欲為陳先生強作解人。頗疑陳先生欲使之再生者不徒為《再生緣》之本身，其意得毋尤在於使《再生緣》得以產生及保存之中國文化耶？」誠將「獨立之精神，自由之思想」挪移解作「中國文化」焉。

這一轉折不可謂不曲折，我曾拿《論再生緣》快讀慢讀，終看不出這一層轉折來，多年後讀到余先生《陳寅恪晚年詩文釋證•書成自述》方始了然：「顧亭林曾有亡國與亡天下之辨，用現代的話說，卻是國家與文化之間的區別。我已失去國家，現在（一九五八年）又知道即將失去文化，這是我讀《論再生緣》所觸發的一種最深刻的失落感。」果如是，則上述轉折並不囿於《論再生緣》文本，而是文本與讀者的時代和心境冥契暗合，遂有會心。那是余先生得脱暴秦魔掌之後，在自由國度裏深惜陳先生遭「俗累終牽」之無可奈何，更推而暗傷亡天下之憤慨。我輩世代不同，讀《再生緣》終難有《書後》的感懷身世，尤是我甚難認同「獨立之精神，自由之思想」乃繫於中國文化，試看《論再生緣》中論《再生緣》思想一節，即云：「則知端生心中於吾國當日奉為金科玉律之君父夫三綱，皆欲藉此等描寫以摧破之也。端生此等自由及自尊即獨立之思想，在當日及其後百餘年間，俱足驚世駭俗，自為一般人所非議。」適足見「獨立之思想」與中國傳統文化之不相侔也。

余先生自然不可能不察，然而他的閱讀和他的《書後》正是受着他的「時代經驗」的啟發，這一重意義在余先生一九九〇年為金春峰《周官之成書及其反映的文化與時代新考》所作序文中說得最是明白：

「『時代經驗』所啟示的『意義』是指 significance，而不是 meaning。後者是文獻所表達的原意；這是訓詁考證的客觀對象。即使『詩無達詁』，也不允許『望文生義』。Significance 則近於中國經學傳統中所說的『微言大義』；它涵蘊着文獻原意和外在事物的關係。」

《蘋果日報 • wONdEr》 二〇一八年三月十七日

重得晚村詩

上、

黑雲壓城城欲摧。

戴老師禹域外的一番話，又是一天風雨，興許只怪他倉卒間希冀面面俱到，語際間太多桃花源的設定，詩詩意意，論政成了詩論，任黨國特府禮義廉隨心所欲，拈花謾議。當然，以詩寓政，寄政於詩，從來俱是士之當為，那我便不忍深責戴老師了。

那天我也倉卒，在市上乍見一部簇新《呂留良詩箋釋》，凡四冊，不加細檢，忙抱歸。回家打開《箋釋》，噢，原來是俞國林先生精心撰的那部，去年已買過，惟裝幀不同，更是三冊。不算中伏，倒覺得是跟晚村先生的雙重緣份，便窩在椅中漫翻詩冊，忽然，聽得貓兒抓狂聲，更有紙頁紛紛的細碎響，不好！小貓 Dworkin 居然獨向書堆中的一冊施暴！須知我家的一雙乖貓兒自小與書為伍，坐臥撒賴其間，從不損其分毫，書貓融融。今回詭異，我呵斥不及，趨前檢視，受爪的一本赫然是趙園寫的《明清之際士大夫研究》，說的自是明清鼎革之際的位位遺民，既有顧炎武、黃宗羲，自然不缺呂留良晚村先生！是耶非耶？貓兒既懂書亦知我。我忙翻到趙書中寫晚村先生逃禪一節，引的是《呂晚村先生事狀》中一節：「其後三年，而郡守又欲以隱逸舉，先生聞之，嘖血滿地，乃於枕上翦髮，襲僧伽服，曰：如此庶可以捨我矣。」那是亡國亡天下之際，士子頑劣，心懷故國，不事新朝，新朝卻偏要閣下輸誠，晚村惟有遁跡方外，逃禪求個不死，冀存節義。當然，身歷價值崩潰的時代，港英不再，特區新朝，方寸之間，進退行止，何謂適宜？我在《箋釋》卷七中讀到晚村《祈死詩》六首，其最末一首竟有如此二句：「作賊作僧何者是，賣文賣藥汝乎安？」安心並不容易。

下、

晚村詩集卷六中有此一首《十九日暮同諸子登天寧寺塔》，我一讀再讀，最宜觀照眼下我城，今姑撮引之，聊附會補箋耳：

海山秋綽約，海雲秋離奇。中國地既盡，海外天亦低（戴老師海外發言，惹來群兇追捕）。落日半規紫，雲山已無輝。追逐上危級，絕頂留嘻微。反顧但溟茫，神州不可知（二十年來，我城人仔還不看透？）。星隕狐狸號，萬鬼乘蛟螭（故國新朝之間，最多zombies）。昔聞弱水東，樓船或過之。中有珠貝宮，可接扶桑枝。古仙既羽化，傳法兒童癡（代代特府頭領俱似癡兒）。……黑風一吹息，九野無高卑。俯視盡樊籠，夜半聞天雞（此處我不明白，書上說扶桑山上有玉雞，玉雞鳴則金雞鳴，金雞鳴則石雞鳴，石雞鳴則天下之雞鳴。我城豈有此雞？）。

《箋釋》作者俞國林先生評曰：「此詩寫得語詞離奇，詩意綽約。」「是緣憂世之心，發之自消其壘塊。」既如是，我們對號入詩，亦無可無不可。

錢穆先生寢饋清儒學術，深惜晚村餘情，於《呂晚村學述》一篇中評曰：「晚村以狂者之性格，而勉為狷者之行徑。今在三百年後讀其遺集，猶不勝有惋惜之餘情……」我雖一向略嫌戴老師的理論囉唣而不達意，但他亦狂亦狷，洵是君子。晚村《雪夜再宿湖中》有二句，最宜相贈：

海內疑無地，空中別有樓。

《信報 • 北狩錄》二〇一八年四月三及四日

惘惘緣

打着了火摺，沒有火引燈芯，燈還是亮不起來。《月光寶盒》裏的紫霞仙子（其實也是青霞仙子），朱茵小姐二十多年前早教曉了我們這一則下一刻必然忘記的佛理。宇宙混沌，莽莽蒼蒼。

那天我在迴轉過許多回的神保町古書店街上悠轉，不覺轉至內山書店。內山書店在中國現代文學史上無人不曉，但那是三四十年代上海租界上魯迅最愛的一爿，不是戰後回歸的內山，尤是後來內山書店在東京主理的是中華圖書，我才不願關山萬里渡海扶桑搜尋漢籍，故多年來未嘗過門而入，彷佛少了那一截燈芯。內山書店樓高三層，地下及一樓是漢籍新書，我多眼熟，頂樓是舊書，還不算古籍，我負手而觀，眼前竟然跳出《莽原》二字！那是京都朋友書店一九七三年影印天理圖書館藏整套《莽原》半月刊，而這一整套《莽原》又是近代日本大儒吉川幸次郎先生於上世紀二十年代求學北大之際，閒來遊於琉璃廠所獲者，後歸天理圖書館，慷慨景印（更附有平田昌司所編索引）後，今天我又欣然入手，如一圈明媚燈芯，昭然不昧。

《莽原》是魯迅所編，未名社刊行，而先生整部《朝花夕拾》便在這裏連載，初名《舊事重提》。我少年時讀的《朝花夕拾》是十六卷《魯迅全集》本，卷中附註說「最初發表於《莽原》，署名魯迅」。那是我初回識得《莽原》，《莽原》創刊於民國十五年一月十日，只出版了兩年，共兩卷四十八期，多年前我曾在晴空下的倫敦亞非學院圖書館中須臾寓目，須知民國期刊多，享祚短，復經流離顛簸，早不容易覓得全套完璧，直是如露亦如電？

魯迅《藤野先生》（《舊事重提》之九）初刊於《莽原》第一卷第二十三期，那是一九二六年歲末，起句即驚人：「東京無非是這樣。」真的，東京於我也無非是這樣，這樣嫵媚，這樣書緣不滅。

藤野嚴九郎先生應是魯迅筆下少有的 fatherly figure ——另一位許是章太炎吧？先生生前做的最後一篇文章即為〈關於太炎先生二三事〉——字字感激，句句衷情。須知魯迅成名後是一世的青年導師，但回憶中的父親是癆病鬼，祖父是科場案下獄僥倖不死回來的過時人，家道與時代一起衰落。父親從來是不散陰魂，連今回載譽歸來的《Deadpool》，聽見情人要為他生孩子（The baby factory is open for business!）便要手怕怕，怕未出世的孩子像他，而他又像自己拋妻忘子的死鬼老豆！

魯迅也甚惡父子之倫，多年後做的《我們怎樣做父親》便斷然說：「父子間沒有甚麼恩！」師法的是殺頭的孔融：「父之於子，當有何親？論其本意，實其情欲發耳。」然而當憶及在仙台醫學專門學校授他骨學、血管學、神經學和解剖學的藤野先生時，筆端卻溢着春溫，念念未忘：「不知怎地，我總還時時記起他，在我所認為我師的之中，他是最使我感激，給我鼓勵的一個……只有他的照相至今還掛在我北京寓居的東牆上，書桌對面，每當夜間疲倦，正想偷懶時，仰面在燈光中瞥見他黑瘦的面貌……便使我忽又良心發現，而且增加勇氣了。」東牆是陽光所在，夜裏復有燈光，彷彿 halo，先生只敢仰視，那是 humility 了，一切俱是不尋常的姿勢和態度。我此刻正在燈下翻到《莽原》的這一期這一頁，低頭恭錄着上邊的一段話，仰面幻想着九十年前先生也在燈下筆耕，異世同夢，共剪西窗明燭，卻沒有巴山夜雨，畢竟這兒是東京，二〇一八年的東京。

文學期刊是現代文學史的初稿，還是帶露未折的朝花，待得夕間晚上，園中風景或已稍異其趣，未必盡是初回色相，縱然過了春夏，卻也難料秋冬。Michel Hockx（漢名賀麥曉）寫過一部研究中國現代文學社團和雜誌的專著，俏生生叫《Questions of Style》，頗見當日文壇花開花落的紛繁，漢譯逕作《文體問題》，彷彿失了意趣，朝花夕拾般變了顏色。

魯迅在《莽原》上寫下了十篇〈舊事重提〉，哀愁淡淡，後來結集時化作《朝花夕拾》，其序言稱〈小引〉，也是初刊於《莽原》，文成於民國十六年五月的廣州，天氣很熱，但先生筆下荒涼：「我常想在紛擾中尋出一點閒靜來，然而委實不容易。目前是這麼離奇，心裏是這麼蕪雜。一個人做到只剩了回憶的時候，生涯大概總要算是無聊了罷……」前半截寫得氣餒，音韻卻鏗鏘如小步舞曲，叮叮嚀嚀，數十年來俱在我腦中奏鳴不去；後半截警人警我，而我現在居然在回憶少年時讀十六卷全集版《朝花夕拾》的心情光景，先生怕要笑了，但先生莫笑，我此刻舊事重提，只為奢侈，人在東京的月色下初賞《莽原》上連載中的《朝花夕拾》，猶帶露水，未嘗折花，雖然據先生說，「東京也無非是這樣」。

我便在無非是這樣的東京流連忘返，天天往來神保町朝聖，看古舊書，摩挲過去人間，書架間書叢中總會遇上一兩部研究先生的專著，今天在山本書店喜獲九尾常喜《魯迅野草研究》，東京大學東洋文化研究所出版，印着「非賣品」，那我不算是買書，只是擁書入懷。

燈下，我翻開《野草研究》，書中沒有翻出一片壓乾的楓葉來。

《信報 • 北狩錄》 二〇一八年六月二十五及二十七日

亞非正傳

倫敦亞非學院是嫏嬛福地，從前四季嬉春，我常晨昏路過。老民國年間老舍來過一遍當講師，往後董先生七十年代來了遊了不止一個等他來的夏天，還曾伴着胡大導金銓在圖書館中搜遍老舍的鬚爪腳印，讓胡大導寫成了一部終未完卷的《老舍和他的作品》（上），國文老師囑我細讀，我乖乖讀了不止一回，暗想人物如許風流如許豆汁兒如許。那是個機械複製不了的年代，我睜着眼睛，Green Park 上是 spotless 的天藍，當年今日。

其實，諸位先生之間更來了蕭乾。一九三九年十月蕭乾抵英任亞非學院講師職，兼《大公報》駐英特派記者，屬少有親歷歐戰戰場的中國報人，戰地文章多年後給輯成《一個中國記者看二戰》，可那年月蕭乾好像已過身，我那時也很久沒讀蕭乾了。

初讀蕭乾讀的是他翻譯蘭姆姐弟的《莎士比亞戲曲故事集》，小本上下兩冊，蝴蝶展翅，攤開來是中英對照，我中四那年暑假曾用功中英對讀，記得故事多不好看，該與莎士比亞無關，卻曾初識得許多生字生詞，許多年下來我遂對 Charles Lamb 敬而遠之，連他的《伊利亞隨筆》也只翻過便算，總不如讀着與他同年代的 William Hazlitt 那麼快樂愜意，可是我從此記得蕭乾。不旋踵先生刊出了大半生回憶錄《未帶地圖的旅人》，我在另一個夏天開懷讀了，文字清通，深有韻致，故事婉約曲折，遠勝於蘭姆姐弟的改編。又若干年後，金介甫（Jeffrey Kinkley）慧眼，將此卷翻成了英文，書題自然是《Traveller Without a Map》，將「未帶地圖的旅人」稍稍牽回英文的初典。

今天，陽光如練，我剛從 Curzon Soho 電影院的漆黑中退出來，見對街是新遷過來的光華書店，無聊推門而入，猛見得架上一卷蕭乾英文文集《The Dragon Beards versus the Blueprints》，我笑笑。

一回，董先生書上說曾在唐人街光華書店蒐得《金瓶梅》線裝一套十六冊，雖未有標明版本源流，但已是上世紀水墨英倫冊頁中剪出來的一眉月色，朗照人間。事關這十多二十年來光華在 Newport 街上賣的不過是華僑書報、太極八卦、唐餐中藥一類我讀不懂的閒書，恕我從來幫理不幫襯。去年遷了新址，我也只是路過，瞄也不瞄，今回在門縫間瞥見霍克思閔福德丈婿翻譯的百二十回本《石頭記》，推門且看看裏邊還有甚麼葫蘆，即喜見《The Dragons Beards versus the Blueprints》。書題初看頗難索解，源自集子裏一篇一九四三年的講稿，演講地點是藏品豐饒的倫敦 Wallace Collection，位廁 Wigmore Hall 兩步之遙的 Manchester Square，此中最多法國 ancien regime 畫作。蕭乾這番演講副題作「An Apology for Modern China」，在舊日畫圖環抱間，更別有深意焉，蓋為現代中國申辯張目，卻也不忘向 ancien regime 遙遙致敬，是以「龍鬚」是古典文人隨手的戲墨丹青，也是當世機械科學文明容得下的優雅，故跟計算精密不容稍失的「藍圖」分道揚鑣，卻非水火不容，你死而我活。

我大奇，為甚麼蕭乾有此勝緣在 Wallace Collection 作此一番演講？據蕭乾夫人文潔若憶述，這番演講的前身是一九四二年間乃夫應英國國際筆會 International Association of Poets, Playwrights, Editors, Essayists, Novelists（PEN）之邀，為紀念 John Milton《論言論自由》（*Areopagitica*）而作的演講（但 Milton 此篇刊於一六四四年），餘皆未詳。我僅僅想到一九四二年蕭乾或已由亞非轉至劍橋念研究院，跟 Milton 算有異世同校之雅，因緣如此，是耶非耶？

Dragon Beards 這個意象彷彿舶來，中原腹地似不多見，文人士子閒情戲墨，寫竹寫花寫鳥，也不見得會多畫龍鬚。我只記得蕭雲從畫《離騷圖》、《九歌圖》，中間曾見吞吐雲中的龍，自然也有過龍鬚，如此而已。現代文學中我只想起老舍於五十年代新中國啟航伊始寫的一齣戲《龍鬚溝》，但那是北京的小小地名，且還是個臭水溝，跟蕭乾苦心經營的 imagery 風馬牛。其實蕭乾寫的是 Dragon Beards，跟 Blueprints 一般俱不是漢文古典，蓋以英文書寫，如不欲販賣信手拈來的 transliteration，便得為那邊廂的讀者設想，寫出像英文的文章。那年代能在英語世界出版英文著作的國人不多，有名的是蔣彝、林語堂、熊式一、胡適和陳夢家諸位。蔣先生的《牛津畫記》和《愛丁堡畫記》寫得可愛，悅目悅人；林語堂《The Gay Genius》寫的原來是蘇東坡；熊式一的《天橋》我沒讀過（陳先生寅恪應當聽讀得歡喜）；胡博士《先秦名學史》的英文原著便顯得乾巴巴了，倒是夢家先生為美國所藏中國青銅器所寫的解說，未必是詩，於我卻如新月。英文跟中文一樣艱難，難得蕭乾兩邊俱寫得如心如意。燈下，窗外倫敦夏天的日光尚未退去，晚風自來，蕭乾英文明媚如月，最宜 dancing in the summer breeze。

言歸亞非學院，一九三九年蕭乾受聘講授中文，恕我尚未查出是古典的還是現代的，但那年月正值大戰時刻，而中國是盟友，中國戰場又只屬中國，盟軍不必懂得中文，倒要識得中東近東和印度支那戰場上的語言，亞非學院臨危受命，為軍方教授緬甸語、馬來語、阿拉伯語、波斯語、烏爾都語和各種非洲語言。前年劍大出版社刊出 Ian Brown 寫的一卷《The School of Oriental and African Studies》，名副其實「亞非正傳」，搜羅細密，寫到「The War Years」一節，Brown 如是說：「The school became increasingly-and in time most exclusively-focused on its contribution to the nation's war effort!」

誰說學問文章無益於世？

《信報‧北狩錄》二〇一八年七月二十三至二十五日

維摩志摩

那朝風日好，高眉友人傳來八卦照片一幀，照中是無端一圈花草修成的太極圖，本無足觀，亦無足怪，卻原來是劍大國王學院新近禮奉開張的徐詩人志摩紀念花園真身。我大吃一驚，品味壞得這麼徹底，認不出太極與詩人的糾結事小，唐突了 King's College 這好一座人文風景才叫古人今人後人心痛。

我不想胡猜學院那邊竟會為了厲害了的國，遂迎合大國崛興以來的文化想像，將儒釋道一氣 blended 成和諧臆説，象而化之，再轉售予萬里飛來揮金朝拜康河劍橋的共和國子弟及其父母，是耶非耶？

花園開幕那天，有內地傳媒走到 King's 現場實地採訪，訪問的赫然是 Alan Macfarlane 教授！Macfarlane 早歲在牛津念歷史，後在 LSE 念人類學，長年執教於 King's，出任 Professor of Anthropological Science，目下是 King's 的 Life Fellow 了，不是鬼佬路人甲乙丙丁戊！於我而言，Macfarlane 更曾是我的一扇新窗，那年月我還在薄扶林大學讀書，主修辯論，旁修閒書，剛巧 Blackwell 製作了一個新系列，叫 Ideas，

Macfarlane 在裏邊有一本小書叫《The Culture of Capitalism》，糅合了他的史學和人類學，比翼雙飛，既可口又新鮮，我翻着翻着，總要想到余先生《中國近世宗教倫理與商人精神》的采風，然而我多年來未登泰山，不識泰山，竟不知道他不但懂得徐詩人，還深悉他在 King's 的履痕處處！我忙翻出早前訂來但依然未見天日的小冊子，那是 Macfarlane 跟 King's Archivist 和 Fellow Librarian 合寫的《King's College, Cambridge, a Personal View》，且看裏邊有否一別再別而依然不捨康橋的詩人故事。

果然，在 Macfarlane 小冊子裏有一小章「The Xu Zhimo willow, stone and garden」！我生性不愛 XYZ 這類拼音（譯壇名宿許淵沖的渾名 XYZ 除外！），況志摩寫信給英倫友人每愛自署 C. H. Hsu 或 Tsemon Hsu，既是舊日民國的一縷詩魂，名隨主便，不動才是明王吧，又何必嘮叨 XYZ！那一小章只有一小句為那志摩花園解頤解窘：「... (garden is) based on Daoist and Buddhist symbolism and Chinese plants.」這截半吞半吐的話其實 begs the very question：為甚麼要將徐志摩繫上佛道太極陰陽？

據云出洋前志摩的頭給和尚志恢摩過，故名「志摩」，縱非巧言附會，詩人跟佛緣也不過是如此擦身而過吧？至於老莊道家一派，志摩回國後在清華作英語演說《藝術與人生》，裏邊雖曾略略褒獎了老莊一回，但為的只是踩低孔門一脈而已，不可太認真，況老莊又不同於太極嗝！

志摩從來傾情的只是康河，羅素、曼殊菲爾、百花里人物、華滋華斯和林徽音，其詩縱然曾作「庵里何人居？修道有女師：大師正中年，小師甫二十」。一類漢魏六朝語，但那是少年寫詩的草創試煉，跟他往後詩體詩風的 Romanticism 和 Modernity 只有斷裂，沒有牽連。

將一心向着康橋的志摩看成愛在陰陽太極上栽花的中國名士，那是狠心將志摩摒諸 King's College 大門之外，只願視他為東來朝聖的 eccentric 他者，大寫的 Others！一味過時，一派乏味，志摩和他在康橋的友人想必皺眉。

梁錫華多年前寫的《徐志摩新傳》裏特闢一章〈英國朋友〉，裏邊列了 G. L. Dickinson、Dadie Rylands、H. G.Wells、Roger Fry、Bertrand Russell、Arthur Waley 諸君。

那年，志摩在 LSE 政治系混得苦悶，論文導師 Harold Laski 也好像看他不太順眼，從此我便跟徐詩人有了 shared agony 之雅，不同的是，志摩幸得那年月執教於 King's 的 Dickinson 牽引，「替我在他的學院裏說好了，給我一個特別生的資格，隨意選科聽講」，從此便在康河劍橋開心開眼，一發不必收拾。

Patricia Lawrence 寫過一本書叫《Lily Briscoe's Chinese Eyes》，Briscoe 是

Virginia Woolf小說《To the Lighthouse》裏的人物，長着一雙異域之眼，故能觀照中國來的東方來的美，殊非殖民帝國那foraging glance towards the distant lands of China and India for trade and gain。Patricia挪用了這一雙Chinese eyes為譬喻，寫的正是上世紀二十年代英倫百花里人物和民國新月詩派的詩酒唱和風流，伊人筆下的志摩是一位British Gentleman of repute，而Dickinson則是那Cambridge don in a Chinese cap！二人身份沒有模糊互換，只是彼此進入了對方的視野，不再凝視「他者」，倒是化身「他者」來自我觀點一番，那是場芬芳蘭馨的文化盛宴。

志摩的詩，志摩說「大多數的詩行好歹是適之撩撥出來的」！而適之自是箇中解人，說志摩心懷「單純信仰」，那是由愛、自由和美築成，俱不是舶來的卻是現代的，跟那太極圖不可能有零點零零零一的關連！志摩倒跟維摩相親近，文殊問疾，何以病？維摩對曰：「從癡有愛則我病生。」志摩有愛故有病，病蚌成珠，珠便是詩了。

十號風波，我跟一雙貓兒蜷在沙發上，窗外急風迅雨，燈下，我們攤開楊牧編的《志摩詩選》，翻到《常州天甯寺聞禮懺聲》，聽佛號，聽鐘聲，聽木魚聲，聽宇宙聲。

King's的志摩花園，我們都不去了。

《信報 • 北狩錄》 二〇一八年九月十七至十九日

白村夢二

我城半山今有豐子愷聯乘竹久夢二畫展，溫潤如樸玉，彷彿將舊日文人迷日的心事俏生生端來今世重演一遍，叫一年四季俱魂繫攻略東京的你我與有榮焉，還「啪」的一聲招呼了苦心勸告無殼窮L少遊日本的紈絝公子的冠玉臉龐。子愷當年窮，但窮極也得到東京去。子愷幼女一吟這樣寫一九二一年春天的乃父：「自己沒有一點積蓄，怎麼辦？……豐子愷東渡心切，能去且去，以後的問題以後再說。」先是子愷母親忍痛賣了一宅祖屋，姐夫又慨然貸款，連岳父大人也要為他紓尊眾籌，七拼八湊，才勉強讓子愷「在東京維持了足足十個月的用度，到了同年的冬季，金盡返國」。

正是在那窮風流的光景裏，在東京的地攤上子愷邂逅竹久夢二《夢二畫集•春之卷》，往後的已是歷史和美術史了。我總癡心這類 life changer 故事，記得多年前人在敦煌，偶讀常書鴻先生的巴黎憶往，在冷攤上遇一卷破爛爛的伯希和《敦煌圖錄》，入迷入神，遂關山萬里從花都遠走敦煌，將萬花嬉春換成大漠丰神，可愛者未必是 story，卻是那 story telling 吧。

今天我們不必邂逅也不能邂逅，倒容易看着《春之卷》，多得新文學考古大家陳子善為國人編了一冊夢二《畫與詩》，收入《春之卷》及其他，還寫了繽繽紛紛的《竹久夢二的中國之旅》，考出知堂一九二三年一篇《歌詠兒童的文學》乃國人對夢二畫作的最早評介文字。知堂喜歡夢二，縱然未必很喜歡子愷漫畫。

夢二有詩寫過浮世繪，未知有否也寫過議論漫畫的文字，他那一代日本文人中仔細議過漫畫的有廚川白村，子愷必然歡喜，事關他早譯過白村《苦悶的象徵》，還跟魯迅鬧了不期的雙胞。

子愷於一九二五年三月刊出所譯廚川白村《苦悶的象徵》，為生平處女譯作，交上海商務印行，為《文學研究會叢書》之一種，是時也，《子愷漫畫》也始在文學研究會主理的《文學週報》上連載。魯迅譯的《苦悶》適在前一年杪出版，為《未名叢刊》之一種，然而，據工藤貴正考證，一九二四年十二月魯迅還在校訂譯稿，真正完成並印出發行，當在翌年三月了，剛好是子愷譯本問世的同時，故工藤氏推測魯迅於此事頗介懷，是耶非耶？其實魯迅有時也愛小器，豐一吟記子愷後來拜訪魯迅，魯迅客氣地說：「早知道你在譯，我也不會譯了。」是謙遜抑是牢騷？

《苦悶》譯文的雙胞盡見民國文人於白村的興趣，也促使工藤氏深耕細作，寫成一卷《廚川白村現象在中國和台灣》，裏邊有一論斷，惜哉語焉不詳：「（子愷）接受白村決定了對夢二的接受。」

《苦悶》說的是文學創作論鑑賞論起源論諸大問題，深受二十世紀初 Bergson，佛洛伊德甚至早一點的英國浪漫派酷兒影響，卻無一語齒及漫畫，遑論夢二畫作。倒是白村另一文藝論集《出了象牙之塔》，魯迅譯了，子愷未暇，集中卻有一章淺論漫畫，深嘆日本人少有能欣賞嚴肅的諷刺，而白村心上的「漫畫」乃指 cartoon 和 caricature，甚至說其義一切盡於 grotesque 一字，那彷彿是子愷多年後在《漫畫創作二十年》裏所採的意思，是以他才自詰：「其實，我的畫究竟是不是漫畫，還是一個問題。」

不是漫畫，卻是隨筆！子愷自況云：「我作漫畫，感覺同寫隨筆一樣。」白村喜歡 essay，私下解作 personal note，應與子愷同調吧？我以為寫子愷的生平和志業寫得最好看的是澳洲國立大學 Geremie Barme，漢名白杰明，他在大書《An Artistic Exile》裏別採新詞以名子愷之作：the lyrical manhua！四川賀宏亮翻作「抒情漫畫」，很好很好。

《信報‧北狩錄》二〇一八年十月二及三日